文芸社セレクション

話のくずかご小辞典

A dictionary of one page stories

下宮忠雄
SHIMOMIYA Tadao

JN061778

文芸社

文芸社セレクション

話のくずかご小辞典

A dictionary of one page stories

下宮忠雄

SHIMOMIYA Tadao

文芸社

目　次

[付録]

まえがき（preface, prolegomena）

　『話のくずかご小辞典』はアンデルセン、グリム、その他、いろいろな小話を集め、付録として4編を載せた。

　配列はアイウエオ順になっている。原則として、1頁がワンストーリーになっているので、2頁とか3頁にわたるものは、その旨、記した。

　付録として、無実の罪で、青春時代の50年間をソ連にて送らねばならなかった蜂谷弥三郎氏（1918-2015）の伝記を載せた（p.152以降）。NHK深夜放送4時「心の時代」に2000年5月8・9・10の3日間にわたり放送されて、大きな反響を呼んだのである。1941-1945年の太平洋戦争（日本対アメリカ）は、最初の1年半で、すでに勝負がついていた、と言われていたが、1945年3月10日の東京大空襲、6月の沖縄の悲劇のあとも続けられ、1945年8月5日の広島原爆、1945年8月9日の長崎原爆のあと、ついに日本は無条件降伏したのであった。蜂谷さんは1946年7月、北朝鮮ピョンヤンで無実の罪でソ連兵に捕らえられ、27歳から79歳まで、厳寒のシベリアで過ごさねばならなかった。イェリツィンの時代に、ようやく無罪が証明され、祖国の、島根に住む妻と娘のもとに帰ることができた。

　そのあとに、私の「渋谷のオスロ…」、「ブリュッセル資料」「ヨーロッパ諸語のオノマトペ」を載せた。

　　　西武池袋線、小手指（こてさし）のプチ研究室にて

　2023年3月7日

　　　　　　　　　　　　　　　　　　　　　　　　下宮忠雄

アイスランド (Iceland)

　アイスランドは、その名のように、氷の国である。だが、ゲルマン語1000年の歴史がそこにある。ゲーテやアンデルセンがイタリアをあこがれたように、言語学者はアイスランドにあこがれる。人口30万の小さな国だが、北欧文学エッダやサガのふるさとであるから。唯一の国立大学、アイスランド大学（Háskóli Íslands；創立1911）がある。漁業がアイスランド収入の90%を占める。

　学生時代に森田貞雄先生（早稲田大学；1928-2011）、大学院時代に矢崎源九郎先生（1921-1967）から手ほどきを受けて以来、アイスランド訪問は学生時代からの夢であったが、スペイン・サラマンカ大学留学（1974-1975冬学期）からの帰途に実現することができた。1975年3月17日オスロ発15:30のアイスランド航空（LL=Loftleiðir Icelandic）、16:35レイキャヴィーク国際空港ケプラヴィーク Keflavík 着。アイスランド航空は、わずか4時間の飛行なのに、昼食と夕食があった。アイスランド最大のホテルLoftleiðirに3泊、61米ドル（1.6万円；当時1ドル260円；2022年の2倍）に宿泊。2食つき、観光案内つきなので、高くはない。

　アイスランド語は、近代文明語彙も、なるべく自国語の言語材で表現しようとする。「文学」はbókmenntirで、「本＋教養」の意味である。mennta「教育する」はmaður「人」（対格mann）からきて「人間にする」が原義である。「テレビ」sjónvarp（1950年代より）はsjón景色（英語see）＋varp投げること（ドイツ語werfen）「投影」である。

アイスランドでの決闘

アイスランド建国後、ノルウェーの勇士たちが大勢、祖国のノルウェーを捨てて、新しい島アイスランドにやって来た。この時代を植民時代（landnamstid）と呼ぶ。land国、nam取る、-s…の、tid時代（cf.英語 time and tide wait for no man 歳月人を待たず；人があれよあれよと言っている間に時は過ぎる）。アイスランドに最初に植民（定住）したのはレイフ Leif とインゴルフ Ingolf だった。二人はまだ少年であったが、兄弟の誓いをたてた。

インゴルフには美しい妹ヘルガ Helga がいた。ヘルガとレイフはお互いが気に入り、結婚するはずであったが、友人の一人ホルムステン Holmsten （holm 島,sten 石；cf.Stock-holm）がヘルガとの結婚を切望し、レイフを襲った。レイフがホルムステンを殺した。ホルムステンの兄弟が復讐をしようとしたが、兄弟も殺されてしまった。これはやむを得ぬ殺人であったが、その後、何代にもわたって殺人が繰り返されたため、レイフとインゴルフはノルウェーを立ち去り、アイスランドに植民する決心をした。

レイフとインゴルフはアイスランド植民を決心した

アイスランドでの生活 （life on Iceland）

　出典はデンマーク小学生読本4年生 （2003）

　小学生4年のJón （ヨウン；9歳） とその姉Sigga （シッカ [ggはkkと発音]；14歳） が、父と一緒に、町へ買い物に行く。羊毛を売った代金で、コーヒーやその他の食料を購入して家路に向かう様子が、下の絵に見える。

　　北の果てに

北の最果てに、一つの島が光っている

氷の山と霧の間にくっきりと。

そこには山の火が燃えていて、火は決して消えない。

古代の姿が消えずに残っている。

そこから、伝説がカモメのように海を渡って伝わる。

　Yderst mod Norden lyser en ø/ klart gennem islag og tåge; /der ved en bjergild, som aldrig kan dø, /oldtidens billeder våge./ Derfra går sagnet vidt over sø som en måge.

アイスランド読本（デンマーク小学生読本4年生：2003）

アイスランドは建国が西暦874年なので、デンマークの歴史よりも新しい。だが、北欧神話がノルウェーで語られ、アイスランドで採録されたために、アイスランド語は重要だ。

デンマーク、ノルウェー、スウェーデンに人間が住むようになる前には、アイスランドは無人島だった。西暦700年ごろ、イギリスの僧侶が次のように書いている。「ブリテン島（イギリス）から船で6日間、北の方向に、最北端の無人島がある。そこは、冬は太陽が輝かず、夏は夜がない。

アイスランドに最初にやって来たのは、ナド・オッド Nadd-Odd という男だった。彼はノルウェーのバイキングで、以前にフェロー諸島に植民し、ノルウェーに帰ろうとしたが、嵐のために、航路を見失い、大きな島に打ち上げられた。これがアイスランドだった。無人島だった。雪しか見えなかったので雪国（Sneland）と呼んだ。秋になったとき、彼はフェロー諸島（デンマーク）に帰った。

無人島アイスランドの上空をタカが飛んでいる

あおやぎ（青柳）物語 （ラフカディオ・ハーン）

The Story of Aoyagi (1904)

　文明の時代（1469-1486）に能登に友忠（ともただ）という若侍がいた。彼は成長して、立派な武人となり、同時に学者ともなり、殿様から寵愛を受けていた。友忠が20歳のころ、京都の太守（たいしゅ daimyō）のもとに秘密の使命で行くことになった。旅の二日目に、激しい吹雪に出合った。予定の場所に着くことができず、疲労困憊していたところ、柳の生えているところに、一軒のわらぶき小屋を見つけた。戸をたたくと、老婆が出てきた。宿を乞うと、中に入れられた。小屋の主人が、老いた人だが、言った。「今夜は吹雪です。どうぞお泊まりになって、明日、出発なさい。」美しい少女が食事とお酒を出した。彼は、こんな山奥に、こんな少女が、と驚いた。

　友忠は、思いきって、両親と彼女に求婚した。それを友忠が和歌で申し込むと、彼女も和歌で答えた。彼女の教養の高さに驚いた。両親は喜んで、求婚を承諾した。

　京都に着いて、さいわい殿様から青柳との結婚の承諾を得た。友忠は、仕事に励みながら、二人はしあわせに暮らした。

　ある朝、青柳が叫んだ。「友忠様、お別れの時が来ました。私は人間ではありません。木の精です。たったいま、故郷で私の両親が切り倒されました。そして、私も、間もなくです、と言ったかと思うと、彼女は平べったくなり、消えてしまった。

　友忠は、職を辞し、頭を剃り、行脚僧となった。愛する妻と両親の家を探した。そこには三本の柳の樹が、二本の柳の老木と一本の若木が、切り倒されていた。

あかいくつ（赤い靴） アンデルセン童話（1845）

The Red Shoes. カーレンというかわいい女の子がいました。お母さんが亡くなったあと、彼女は親切な老婦人に引き取られ、赤い靴を作ってもらいました。お姫さまがはいているような、とてもすてきな靴です。

引き取ってくれた老婦人が病気になったとき、彼女は介護するのも忘れて、パーティーに行ってしまいました。

赤い靴をはいて教会に行ってはいけないのです。赤は悪魔の色です。しかし、彼女は赤い靴をはいて行きました。この靴はダンス用にできているかのように、靴はひとりでに踊りました。教会を出て、靴をぬごうとしましたが、どうしてもぬげません。

とうとう、両足をちょん切ってもらいました。靴は踊りながら、どこかへ行ってしまいました。

美しい音楽が聞こえ、白い天使があらわれました。そしてカーレンを抱いて、空へ昇って行きました。罰があたったのでしょうね。神さまは、これ以上、カーレンが罪を重ねないように、天国へ召したのです。

［この教会は、アンデルセンの故郷、オーデンセの聖クヌード教会である。靴は、むかしは高価で、一般市民は買えなかった。貧乏人は木靴（sabotサボー）を履いた。アンデルセン童話「イブと幼いクリスチーネ」にも木靴が登場する。冬の間、農民は木靴を作っていた。

パリの工場の前で、従業員が、給料あげろ！と叫びながら、木靴をたたいた。そこから「木靴をたたく」saboterというフランス語からsabotage（サボタージュ）ができ、日本語のサボる（仕事、学校）ができた］

あかいろうそくと人魚 (The red candle and the mermaid)

小川未明（1882-1961）の童話。小川未明は日本のアンデルセンと呼ばれる童話作家。

海岸に小さな町がありました。山のふもとに、年取った夫婦がいて、ろうそくを作って、お宮へおまいりに来る人に売っていました。ある晩、ドアをたたく音がしますので、開けてみると、小さな人魚の赤ちゃんが泣いていました。人魚のお母さんが、この夫婦には、子供がいないから、かわいがってもらいなさい、と置き去りにしたのです。夫婦は、神さまからの授かりもの、と喜んで、大事に育てました。女の子は、美しい娘に育ちました。娘は、赤い絵の具で、白いろうそくに魚や貝や、海草を描きました。めずらしいろうそくは、評判になり、とてもよく売れました。ふしぎなことに、このろうそくをつけて海に出ると、嵐の日でも、決して、船が沈まない、と伝えられました。

ある日、南の国から香具師（やし、興行師、showman）がやって来ました。うわさを聞いて、その人魚を買い入れて、儲けようと思ったのです。おじいさん、おばあさんは、「人魚は神さまからの授かりものだから、売ることはできない」と断りましたが、香具師は「むかしから、人魚は不吉なものと伝えられている。今のうちに手放さないと、きっとわるいことが起こる」と言うのです。おじいさん、おばあさんは、この話を信じてしまいました。そして、いやがる人魚を、大金と引き換えに売り渡してしまいました。その後、この山のお宮には不幸が続き、町は滅びてしまいました。

あかずきん （Little Red Cap, グリム童話KHM 26）

　赤ずきんと呼ばれるかわいい女の子がいました。おばあさんにもらった赤いずきんが、とても気に入って、いつもかぶっていたからです。ワインとケーキをおばあさんのところに持って行ってね、とお母さんに頼まれました。

　途中で出会ったオオカミが、赤ずきんちゃん、どこへ行くの？　森に住んでいるおばあさんのところよ。オオカミは、先回りして、おばあさんを食べてしまいました。そして、あとからくる赤ずきんも食べてしまいました。おなかがいっぱいになったオオカミは、グーグー寝てしまいました。ちょうど、通りかかった猟師が発見して、おなかを切り裂くと、おばあさんも赤ずきんも、無事に生きたまま助け出されました。

赤ずきんちゃん、どこへ行くの、とオオカミが

あき（秋） autumn

　　ちいさい秋みつけた　（サトウハチロー）

だれかさんが、だれかさんが、だれかさんが、みつけた。

ちいさい秋、ちいさい秋、ちいさい秋みつけた。

めかくし鬼さん、手のなる方へ、

すましたお耳に、かすかにしみた

よんでる口笛、もずの声、

お部屋は北向き、くもりのガラス、

うつろな目の色、とかしたミルク、

わずかなすきから、秋の風…

I've found a little autumn,

I've found a little autumn,

dear blinded tagger, come to my hands,

to me, listening with all my ears,

I hear a feeble whistle, a shrike singing,

my room facing north, with fogged window,

with my absent-minded eyes like mixed milk,

an autumn wind, a little wind, comes

through a small space an autumn wind…

　英語の「秋」autumn は フランス語autônme（オートーヌ）より。ドイツ語の「秋」はHerbst（ヘルプスト）。英語のharvest（ハーヴェスト）と同じ語源で、「収穫期」の意味。ロシア語osen'（オーセン）はゴート語asans収穫、と同源。

あしずりみさき（足摺岬）田宮虎彦著（1949）

　田宮虎彦（1911-1988）の小説。足摺岬は高知県南端の岬で太平洋に突き出している。

　私は母に死なれ、大学への魅力も失せて、死ぬ覚悟で足摺岬を訪れた。だが、現場に着いて、いざ飛び込もうとしたが、足がすくんでしまった。とりあえず、その晩は四国参りのお遍路用の宿に泊まることにした。宿は母と娘の経営で、客は年老いた遍路と薬売りの二人だった。足摺岬からずぶ濡れになってきた私に宿の母は「馬鹿なことはせんもんぞね」と言って、娘と一緒に手厚く介抱してくれた。年老いた遍路は「生きることはつらいものじゃが、生きておるほうが、なんぼよいことか」と言った。薬売りは金のない私に薬を飲ませてくれた。

　ある日、私は、ぼんやりと、また足摺岬に出かけた。その帰りを娘の八重が待ち伏せていた。その晩、私と八重は結ばれた。3年後に、私は八重を迎えに足摺岬を訪れた。私と八重は東京で10年あまり苦しい生活を送った。八重は、私を救ってくれたのに、東京での貧しい生活に疲れて死んでしまった。私が殺したようなものだった。

　戦争が終わった翌年（1946）、私は、ふたたび、足摺岬を訪れた。八重の母は老いていた。私は自分の不甲斐なさを母に詫びた。八重の弟は特攻隊から帰国して、すっかりぐれていた。自分に死を要求した人間たちをののしった。

　田宮虎彦は東大国文科卒。父親との不和から、貧しい学生生活を送った。胃ガンで亡くなった妻との往復書簡『愛のかたみ』（1957）はベストセラーになった。

あまくさ（天草）

　九州の熊本県、天草地方の市で、熊本県の中では熊本市、八代市に次いで3番目に大きな市。人口7万人。本土と橋でつながっている。1549年、日本にキリスト教を布教したフランシスコ・ザビエル Francisco Xavier（1506-1552）はスペイン・バスク地方の出身で、1550年に長崎の平戸でキリスト教の教えを開始したが、その後、天草島に移り、日本の信者を獲得したのち、中国に渡り、江門市、上川島で没。弥次郎（1511ごろ-1550ごろ）は最初の日本人キリスト教徒。ザビエルに連れられて中国南端のゴア（ポルトガル領）で、日本人として初めて洗礼を受け、パウロ・デ・サンタ・フェ（聖信のパウロ）の名を得た。

　天草には天草空港（熊本県）があり、たった1機のエアライン。AMX（Amakusa Airlines Co.）。1998年に就航。天草→熊本→福岡→大阪、そのリターン。年間600回、就航率96％は上出来だ。低空のため、眺めがよい。医者など通勤がわりに利用している。命の翼と呼ばれる。

　天草市は人口8万。カトリック﨑津教会、大江天主堂、雲仙天草国立公園があり、観光客用のホテルが5つある。

雨ニモマケズ〔in spite of the rain〕

　宮沢賢治（1896-1933）の代名詞になっている詩で、死後、発見されて有名になった。手帳にメモされていて、発表の意図はなかった。英訳はロジャー・パルバース（Roger Pulvers）

　雨ニモマケズ〔In spite of the rain〕風ニモマケズ〔in spite of the wind〕、雪ニモ夏ノ暑サニモマケヌ〔against the summer heat and snow〕、丈夫ナカラダヲモチ〔he is healthy and robust〕、慾ハナク〔free of all desire〕、決シテ瞋（いか）ラズ〔He never loses his generous spirit〕、イツモシヅカニワラッテキル〔nor the quiet smile on his lips〕。一日二玄米四合ト味噌ト少シノ野菜ヲタベ〔He eats four go〔go is 150 grams〕） of unpolished rice, miso and a few vegetables a day〕、アラユルコトヲジブンヲカンジョウニ入レズニ〔He does not consider himself, in whatever occurs〕、ヨクミキキシワカリ〔his understanding comes from observation and experience〕、ソシテワスレズ〔And he never loses sight of things〕、野原ノ松ノ林ノ蔭ノ〔He lives in a little thatched-roof hut〕小サナ萱ブキノ小屋ニキテ〔in a field in the shadows of a pine tree grove〕、東二病気ノコドモアレバ〔If there is a sick child in the east〕、行ッテ看病シテヤリ〔he goes there to nurse the child〕、西二ツカレタ母アレバ…〔If there's a tired mother in the west…〕

ある（或る）女（有島武郎の小説）1919

　主人公の葉子（ようこ）は、妹の愛子、貞世（さだよ）とともに、美人三姉妹で、その住む家は美人屋敷と呼ばれていた。長姉の葉子は才色兼備で、「葉子はそのとき19だったが、既に幾人もの男に恋をし向けられて、その囲みを手際よく繰りぬけながら、自分の若い心を楽しませるタクトは十分に持っていた」（第2章）。このタクト（tact）の語源はラテン語tangere（触れる）の名詞形tactusだが、「わざ」（art, craft）の意味である。

　最初の恋愛結婚が2か月で破綻し、葉子は二番目の婚約者が待つアメリカに横浜から出航する。しかし、この汽船の中で葉子は運命の男に出会ってしまった。船の事務長の倉地である。彼女はその魅力に取りつかれ、婚約者を捨てて、日本に帰ってきた。この恋愛沙汰が新聞に載り、二人は非難を浴びた。しかし、いっそう、二人の恋は燃え上がった。倉地は会社を解雇され、葉子は自分を責めた。倉地は、生計をたてるために売国奴になった。だが、スパイ行為が漏れると、倉地は置手紙を残し、姿を消した。

　男に去られた葉子は、病気にかかり、入院した。手術を受けたが、病状は悪化した。葉子は病室で「痛い、痛い」と呻きながら、短い生涯を閉じた。

　葉子は近代的自我にめざめた女性で、イプセンの『人形の家』のノラのような、100年も時代を先取りした創造物である。有島武郎（1878-1923）は札幌農学校に学び、のち、アメリカで3年間の留学生活を送った。

アルプスの少女ハイジ（ヨハンナ・スピリ著、1881)

ハイジ（Heidi）は5歳。スイスの山奥のマイエンフェルト村に住んでいた。父も母も亡くなり、母の妹デーテに育てられていた。デーテは、今度、ドイツのフランクフルトに職を得たので、ハイジをおじいさんのところにあずけることにした。おじいさんは、長い間、山の上に一人で住んでいる、気むずかしい老人である。最初は、やっかいなことになった、と思ったが、無邪気なハイジと住んでいるうちに、少しずつ人間性をとりもどし、ハイジは、なくてはならない存在になった。

三年たったとき、おばさんのデーテがやってきて、ハイジをフランクフルトへ連れて行ってしまった。知り合いのクララという少女の話し相手になるためである。クララは体が弱く、車椅子に乗っていた。クララは銀行に勤めるゼーゼマンさんの一人娘で、陽気なハイジは、大切なお友達となった。

食事は上等だし、クララは仲よくしてくれるが、ハイジはアルプスの山とおじいさんが恋しくて、病気になってしまった。クララの父は、アルプスにお帰り、と言ってくれた。

ハイジはおじいさんのところに帰り、昔と同じように、ヤギ飼いペーターと一緒に、アルプスの生活を楽しんだ。

翌年、夏にクララが車椅子に乗って、アルプスにやって来た。山で生活する間に、クララは健康をとりもどし、ハイジ、ペーター、おじいさんの助けを得て、一人で歩けるようになった。クララの父ゼーゼマンさんと、その母（おばあさん）は、どんなに喜んだろう。クララは父に抱かれて、私しあわせよ、と泣きくずれてしまった。（p.108ハイジの村をご覧ください)

アンデルセンと印税 （Andersen and royalty）

　アンデルセンの童話集の販売数は、デンマーク国内では、たかが知れている。英語訳は、デンマーク国内の何十倍も売れたが、国際版権が確立していなかった19世紀には海賊版が横行した。良心的な出版社ローク（ライプツィヒ）、ベントリー（ロンドン）、スカッダー（ニューヨーク）からは契約で、相当の謝金を得ることができた。アンデルセンの1週間の夕食の日程は、月曜日・木曜日はビューゲル夫人宅、火曜日はコリーン家宅、水曜日はエアステズ教授宅、金曜日はヴルフ大佐宅（シェークスピア翻訳家）といった具合だった。土曜日はフリーで、招待があればそこで、なければ学生食堂を利用した。

　1838年、33歳のとき、アンデルセンは詩人年金poet pension（400リグスダラー、400万円）を与えられるようになった。「詩人の庭にパンの木ができた。もうパンくずのために歌う必要はなくなった」Now I have got a little bread tree in my poet's garden and will not be obliged to sing at everybody's door to get a crumb of bread any more! (Bredsdorff, p.132)。デ：Nu har jeg dog et lille brødtræ i min digterhave, behøver ikke at synge for hver mands dør for at få en brødkrumme!) デンマークの詩人アダム・エーレンスレーア Adam Oehlenschläger（1779-1850）やノルウェーのイプセン（1828-1906）も同じで、国家が有望な人材に対して投資したのである。400万円あれば住居と食費が払えるし、ときどきは旅行もできる。

いえ（家）なき子（Sans famille サン・ファミーユ）

　フランスの児童文学作家エクトル・マロー（Hector Malot, 1830-1907）の作品（1878）。フランス語の原題は「家族のない」の意味で、対になっている「家なき娘」（En famille）がある。

　フランスの小さなシャバノン村（Chavanon）で、レミRémiは8歳まで、お母さんと二人で暮らしていた。父はパリで石工（いしく, mason）として働いていた。ある日、父が大けがをして、帰って来た。その夜、両親の会話から、自分が本当の子供ではなく、捨て子であることを知った。

　その翌日、レミは旅芸人のビタリス（Vitalis, ラテン語で元気な）に売られ、イヌやサルと一緒に村や町で芸をしながら旅をした。ビタリスは老人だが、人生について、いろいろのことを教えてくれた。ある日、老人は無許可で芸をしていたことから、警察につかまった。レミはイヌやサルを連れて芸を続けた。ローヌRhône河畔でハープを弾いていると、白鳥号という美しい船が通りかかり、レミは、この船の主人であるミリガン夫人（Mrs.Milligan）に救われ、一緒に旅を続けることになった。船には病気の少年アーサーが乗っていた。その後、このミリガン夫人こそ、レミの実の母で、アーサーは弟であることを知った。旅芸人をしながらレミを教育してくれたビタリスは、もとは有名なオペラ歌手だった。

　ロンドンの立派な屋敷に暮らすことになったレミは、ビタリスのお墓を作り、シャバノン村から育ての母を引き取り（父は亡くなっていた）、実の母と弟と一緒に、しあわせに暮らした。

いえ（家）なき娘（En famille アン・ファミーユ, 1893）

　アン・ファミーユはフランス語で「家族の中で」の意味で、同じエクトル・マロー（Hector Malot）の「家なき子」の対になっている。菊池寛訳、文芸春秋社、1928, 271頁、巻頭に「天皇陛下、皇后陛下、展覧台覧の光栄に賜る」とある。

　主人公のペリーヌ（Pérrine）は6歳の明るく、聡明な少女で、インドのダッカで写真師をしている父エドモンと母マリーとしあわせに暮らしていた。その父が、亡くなる前に故郷のフランスのマロクール Maraucourt（パリから北へ150キロ）で大きな製糸工場を経営している彼の父ヴュルフラン Vulfran を訪ねるように、と言った。ヴュルフランは息子のエドモンが会社の仕事を継がず、インドで見知らぬ女と結婚したことに立腹し、息子をたぶらかしたマリーを憎んでいた。

　父エドモンが亡くなり、母のマリーは13歳の娘ペリーヌと一緒にパリに向かったが、長旅の疲れからパリに着くと、間もなく亡くなった。「人を愛すれば、あなたも愛されるようになる」という母の最後の言葉を胸に祖父の住むマロクールに向かった。その製糸工場では7000人の男女が働いていた。ペリーヌは最初、女工として働いていたが、フランス語と同じくらいに英語も話せることが分かり（父はフランス人、母はイギリス人だったから）、社長のヴュルフランは盲目になっていたが、ペリーヌを秘書として昇格させ、立派な屋敷に住むようになった。やがて、ペリーヌが息子エドモンの娘であることを知った。ペリーヌは女工たちの住居を改善し、その子供たちの託児所、幼稚園を作り、男子工、女子工からも愛された。

イギリスの味（The Taste of England）

　イギリスにおいしいものはない、と人は言うが、ぼくはジンジャーナッツ、McVitie（マック・ヴァイティー）をイギリスの味と呼びたい。オートムギとジンジャーナッツで作ったビスケットで、固さと塩味が好みにピッタリだ。技巧をこらしたグルメ料理よりも、こういう素朴な味のほうがよい。コンビニやスーパーには、どこにでも置いてあり、日本ではスーパー成城石井で見かけた。英国国鉄の列車の中で販売しているビスケットもおいしい。

　このとき、ぼくはオックスフォードのヘンリー・スウィート・コロキウムで「日本におけるスウィートとイェスペルセン」（1995年9月）という発表を行った。Henry Sweet と Otto Jespersen は英語学における最高峰の学者であるから、この二人が、日本でどのように受容されたか、は、ヨーロッパの学者にとっても、大いに関心があるテーマである。

　昔はオックスフォードを「牛津」と表記したが、これは ox「牛」と ford「津、牛が渡るところ」を日本語に訳したものである。1995年には牛も津も見かけなかった。ここ800年あまりの間に、英国を代表する大学都市になったわけだが、最近は産業都市としても成長してきている。

　Oxford をウェールズ語で Rhydychen（ラダヘン）と書く。rhyd=ford, ychen=oxen で、語源も意味も同じだが、ウェールズ語はケルト系統の言語なので、語順が津・牛と逆になっている。最近（2022）名古屋の友人がジンジャーナッツを送ってくれた。McVitie と同じで、とてもおいしかった。

いしかわ・たくぼく （石川啄木）

東海（とうかい）の小島の磯の白砂（しらすな）に
われ泣きぬれて
蟹（かに）とたわむる。

On the white sand
of the beach
on a small island
of the East Sea
in tears
I play with a crab.

石川啄木（1886-1912）は岩手県出身。「はたらけど、はたらけど、猶、わが生活、楽にならざり、ぢっと手を見る」
I worked and worked, but my life remained hard.
I watch my hands.

こころよく、
我にはたらく仕事あれ、
それを仕遂げて、死なむと思ふ。

May I have a job
which I can enjoy,
and I wish to finish it and die.

東海の…の3行分かち書きは、啄木の新しい試みだった。
不来方（こずかたの）お城の草に寝ころびて、   I lie down
空に吸はれし   on the grass of a castle
十五の心。   which I visited for the first time,
    and breathed air, I was fifteen.

29

イバラ姫 （Briar Rose：ド Dornröschen）

グリム童話 No.50

　王さまと王妃さまに、待望の子供が生まれました。バラのように美しい女の子です。王さまはたいへん喜んで、親せき、友人はもとより、仙女（せんにょ：fairies, ド weise Frauen, 原義「賢い女性」）も招待しました。その国には仙女が13人いましたが、銀のお皿が12枚しかありません。そこで、12人しか招待されませんでした。

　お誕生日に招待された仙女たちは、徳、美、富、勇気など最高の贈り物を、生まれたばかりの姫に与えました。ちょうど11人目の仙女が祝福の贈り物を終わったとき、招待されなかった仙女があらわれました。そして、次のような、のろいの言葉を吐いたのです。「この娘は15歳のときに、錘（つむ；spindle ＜ spin糸をつむぐ；ド Spindel ＜ spinnenつむぐ）に指を刺されて死ぬであろう」

　最後の12人目に対して、王さまと王妃さまは、このろいを取り消してくださいませんか、とお願いしましたが、他人の呪いを取り消すことはできません。軽くすることはできます。それは死ぬのではなく、100年間の眠りに落ちることです。

　お城は、すっかりイバラに覆われてしまいました。100年後、伝説を聞いて、ある国の王子がやってきました。イバラに覆われたお城に入ると、イバラが自然と落ちて、王子はお城の中に入ることができました。お城の奥の寝室に入ると、お姫さまが眠っていました。キッスすると、姫はパッチリ目を開けて「やっと会えたのね、私の100年待った人に」と言いました。

イバラ姫、日本で目覚める（wakes up in Japan；Ｄ erweckt sich in Japan, 1990）これは学習院大学文学部独文科4年生だった本間広子さん（新潟県出身）の作品です。

「みなさま、ごらんください。ドイツからいらしたイバラ姫でございます。ご存じのとおり、彼女は百年前の今日、つむで指を刺し、このような若さと美しさを保ちながら眠り続けてきたのです。なんというおだやかで美しい寝顔でしょう。

　しかし、彼女にとって、この百年は、めまぐるしいものでした。戦争が起こるたびに、彼女はさまざまな国に渡り、科学者の研究対象となってきました。そして今年の4月に、ニューヨークで競売にかけられたところ、わがテレビ局に競り落とされ、日本で百年の眠りから覚めていただくことになったのです。」

　さあ、あと5分ほどで、12人目の仙女の魔法がとけます。いままさに、われわれの前で奇跡が起ころうとしています。大ホールの特設舞台の上で、司会者が、やや興奮気味に、何千もの観衆に語りかけています。会場に招待されたのは皇族、国会議員、童話の専門家、全国から抽選で選ばれた一般市民です。

　いよいよカウントダウンが始まりました。3、2、1、0！舞台の上で、バラの飾りをほどこしたベッドから手が伸びました。静まり返った会場に、次の瞬間、大きな歓声があがりました。なんという優雅な美しさでしょう！　何分か、あるいは何秒か、イバラ姫は、会場を見渡すと、悲鳴をあげて、あえなく気絶してしまったのです！　ああ、なんとあわれなイバラ姫！　彼女は、いままでに見たこともない、黒髪と平面的な顔に囲まれて、ショックを受け、今日もなお、眠り続けることになったのです。

イブと幼いクリスチーネ （Ib and lille Christine）

アンデルセン童話（1855）。

イブは7歳で、百姓の一人息子。クリスチーネは6歳で、小船（ferry-boat；デンマーク語pram）の船頭の一人娘でした。二人ともユトランド半島のシルケボー（Silkeborg, 絹の町）に住んでいました。イブは山のふもとに、クリスチーネは近くの原野に。彼女の父は材木や食料を船で運ぶ仕事でしたので、昼間は、よく、イブと一緒に遊んでいました。イブの父は、冬の間、木靴（サボー）を作っていました。ある日、イブはクリスチーネのために、小さな木靴を作りました。

あるとき、イブとクリスチーネが森の中で遊んでいるとき、迷子になってしまいました。どうしても家に帰れないので、二人は枯れ葉を集めて、森の中で眠ってしまいました。翌朝、目がさめて、森の中を進んで行くと、一人の女の人に出会いました。この人はジプシーだったのです。彼女はポケットからクルミを三つ取り出して、これは願いのかなうクルミ（wishing nuts）なんだよ、と言いました。一つ目のクルミの中には「二頭立ての馬車が入っているよ」と言いました。「じゃあ、私にちょうだい」とクリスチーネが言いました。二つ目の中には「ドレスや靴下や帽子が入っているよ」「じゃあ、それも、わたしにちょうだい」。三つ目は小さくて、黒い、見てくれのわるいクルミでした。「この中には、ぼうやにとって一番よいものが入っている」というので、イブが貰いました。

歩いていたのは、家に行く方向とは逆でした。このジプシー女は人さらいかもしれません。（次ページに続く）

32

（前ページの続き）

　ジプシーは白人の子供を欲しがっていました。しかし、イ
ブもクリスチーネも、そんなことは知りません。さいわい、
イブを知っている森番が通りかかったので、二人は無事に家
に帰ることができました。イブが13歳になり、堅信礼
（confirmation）を受けるとき、クリスチーネが父親と一緒に
イブの母親を訪れて（イブの父親は亡くなっていた）「こん
ど、娘が旅館の主人夫婦のところに奉公に出ることになりま
した」と挨拶に来たのです。イブとクリスチーネは、村の人
たちから恋人どうしと言われていた間柄でした。彼女は森で
もらった二つのクルミとイブが作ってくれた木靴を大事に
持っていました。

　旅館の夫婦はとても親切で、クリスチーネを娘のように
扱ってくれました。翌年の春、一日休暇をもらって、クリス
チーネは父親と一緒にイブとその母を訪ねました。クリス
チーネは、すっかり美しい娘に成長していました。二人は手
をつないで、山の背に登りました。イブは口ごもりながら言
いました。「きみが母の家で一緒に暮らしてもよいという気
持ちになったら、結婚してね」「ええ、もうしばらく待ちま
しょうね、イブ」と彼女は言って、別れました。

　ある日、旅館夫婦の息子が帰って来ました。息子はコペン
ハーゲンの大きな会社に勤めているそうです。息子はクリス
チーネが気に入りました。クリスチーネも、まんざらではあ
りません。両親も異存はありませんが、クリスチーネのほう
は、いまも自分のことを思ってくれているイブを思うと、決
心がつきません。（続く）

（前ページの続き）

　クリスチーネの父親が訪ねてきて、言いにくそうに、事の次第を語りました。イブは、まっさおになりました（as white as the wall壁のように白い：デンマーク語では「布のように白い」ligeså hvid, som et klæde）。が、しばらくして、イブは「クリスチーネは自分の幸福を捨ててはいけないよ」と言いました。「娘に二、三行書いてくれませんか」と父親は言いました。

　イブは何度も書き直して、次の手紙を送りました。「クリスチーネ、きみがお父さんに書いた手紙を読ませてもらったよ。きみの前途に、いま以上の幸福が待っていることが分かった。ぼくたちは約束でしばられているわけではない。ぼくのことは気にかけないで、自分のことだけを考えてください。この世のあらゆる喜びが、きみの上にありますように。ぼくの心は神さまが慰めてくれるでしょう。

　いつまでもきみの心からの友、イブ」。

　クリスチーネはホッとしました。結婚式は夫の勤務するコペンハーゲンで行われ、その両親も出席しました。新婚夫婦に娘も生まれて、しあわせに暮らしていました。夫の両親が亡くなり、数千リグスダラー（数千万円）の遺産が息子夫婦に転がり込みました。クリスチーネは金の馬車に乗り、美しいドレスを着ました。ジプシー女から貰った願いのクルミが二つとも実現したのです。夫は会社をやめ、毎晩、宴会を続けました。ドッと入ってきたお金は、逃げるのも早かったのです。ことわざにもあるでしょう。Lightly come, lightly go.

（続く）

（前ページの続き）

　この英語は「簡単に入ったものは、簡単に出て行く」とい
う意味です。金の馬車が傾き始め、ある日、夫はお城の中の
運河で死体になって横たわっていました。

　初恋を忘れられずにいたイブは、故郷で、畑を耕していま
した。母も亡くなりました。ある日、土を掘っていると、カ
チンと音がします。掘り上げてみると、それは先史時代の金
の腕輪でした。ジプシー女の願いのクルミ（イブにとって一
番いい物）が、あたったのです。イブはそれを牧師に見せま
すと、これは大変だ、というので、裁判所の判事に相談しま
した。判事は、これをコペンハーゲンに報告してくれて、イ
ブが自分で持参するように、と言いました。

　イブは、生まれて初めて、オールフス（Aarhus）から船に
乗り、コペンハーゲンに向かいました。黄金の代金600リグ
スダラー（600万円）が支払われ、イブは大金を受け取りま
した。夕方、出航する予定の港に向かいましたが、初めての
大都会で、道に迷ってしまいました。往来には、だれも見当
たりません。そのとき、みすぼらしい家から小さな女の子が
出て来て、泣き出しました。道をたずねるつもりでしたが、
どうしたの？　と聞くと、街灯の下に見た女の子は、幼いク
リスチーネにそっくりです。娘の手にひかれて階段を上り、
屋根裏の小さな部屋に着くと、女の子の母親が、粗末なベッ
ドに寝ていました。マッチをすって見ると、それは、まぎれ
もない、故郷のクリスチーネではありませんか。「かわいそ
うなこの子を残して死んでゆかねばならないと思うと…」

（続く）

(前ページの続き)

と言ったとき、臨終の女の目が大きく開いて、それきり息が絶えました。イブだということが分かったのでしょうか。

翌日、イブは、小さい娘の母親をコペンハーゲンの貧民墓地に葬ってやりました。孤児となった娘、その子も母親と同じ幼いクリスチーネという名でしたが、その子を連れて故郷に帰りました。イブは、いまや、彼女にとって父であり母でもあったのです。イブは、暖かく燃える暖炉部屋で、初恋の遺児クリスチーネと、しあわせに暮らしました。

[アンデルセン自身は、何も記していないが、この物語には作者自身が、いくぶんか、投影されているように思われる]

クリスチーネは父親の船に乗ってイブと遊んでいた

イワンと塩 （Ivan and the salt, by A.Ransome）

　イワンは3人兄弟の末っ子です。兄2人は、父から大きな船をもらって、外国に商売に行きました。イワンは小さな船しかもらえません。その小さな船に乗って、小さな国に着きました。そこには小さな塩の山がありましたが、その国の王さま（ツァーリ、ロシア語で皇帝の意味）は、塩の価値を知りません。イワンはその食堂のボーイに雇われました。ある朝、王さまがカーシャ（kasha, おかゆ）を食べていますと、とてもおいしいので、これを作ったのは、だれだ、と料理長に尋ねました。そこで、イワンが王さまに呼ばれました。「お前が作ったのか」「はい」「なぜ今日のカーシャはおいしいんだ」「はい、塩を入れました」「塩って、なんだ？」「ここの山にある白い粉です」王さまはすっかり感心して、料理次長に抜擢され、その国に暮らして、王さまの娘と結婚しました。

　［出典］Arthur Ransome：Old Peter's Russian Tales, London, 1935. 挿絵（Dmitri Mitrokhin）はロシアの森の中の家。ここに語り手Old Peterと孫のMarusiaとVanyaが住んでいる。

ウィーンの胃袋 （The stomach of Vienna）

　ウィーンの胃袋はとても大きい。ドイツの詩人ヘーベル Johann Peter Hebel（1760-1826）の『ドイツ炉辺ばなし集』（木下康光訳、岩波文庫）によると、1806年11月1日から1807年10月30日までに平らげられた家畜は、なんと、牡牛6.6万頭、牝牛2000頭、子牛7.5万頭、ヒツジ4.7万頭、子ヒツジ12万頭、ブタ7.1万頭だった。肉が多いと、パンも多い。肉やパンがあれば、当然、ワインやビールも必要だ。料理のために、部屋の暖房のために、薪や石炭も要る。

　大都会では金がかかる。消費も大きい。当時、パリ、ロンドン、ローマは大きな村（grosse Dörfer）にすぎなかった。ウィーンはラテン名Vindo-bonaで、ケルト語で「白い町」の意味だ。2000年前にはローマ人、ケルト人が住んでいた。

　ドイツ炉辺ばなし集は、カレンダー物語と題し、有益な報告と愉快な物語が載っている。書名は『ラインランドの家庭の友、うるう年1808年のカレンダー』有益な報告と愉快な物語が載っている。カールスルーエ（Karlsruhe）古典高等学院出版社から出ている。

　ヘーベルは敬虔な両親から生まれた。故郷のカールスルーエでギムナジウムの教授だった。Karlsruheは辺境伯Karl Friedrichの休憩地（Ruhe）の意味で、辺境伯は辺境地域（Mark）を守る伯爵。ドイツ語Mark-grafは「辺境・伯爵」の意味。いま、ハンブルクからスイスのバーゼルまでヨーロッパ横断特急（Eurocity Express）が走り、カールスルーエも停車駅になっている。汽車は美しいライン河畔を走る。

うごく（動く）島（シンドバッドの航海）

　The moving island. イラクの町バグダッドにシンドバッド
という男が住んでいました。親から、ありあまる財産を譲り
受けましたが、それを使い果たしてしまい、やっと、残った
お金で、商品を買い集め、仲間の商人と一緒に商売に出かけ
ました。ある日、美しい島に着きました。船長は、そこに船
を横づけにして、島に上陸し、火をたいて料理をしたり、洗
濯をしたりしました。久しぶりに、ゆっくり食事をしていま
すと、この島がゆらゆら動き出したではありませんか。

　島だとばかり思っていたのは、実は、大きな魚の背中だっ
たのです。その魚が海の真ん中に浮かんだまま、じっとして
動かないでいたので、草や木が生えだして、ちょうど、島の
ようになっていたのです。その上でたき火をしたものですか
ら、魚が熱くなって、動き出したのです。全員が、大急ぎ
で、船に戻りましたが、逃げ遅れた者もいました。私もその
一人で、やっと見つけた桶（おけ）にすがりついて、海をた
だよっているうちに、ある島に着きました。

　その島の王さまは、私の冒険を聞くと、面白い、と喜んで
くれて島の港の書記に任命してくれました。ある日、船の出
入りを記帳していますと、見慣れた船が到着しました。その
船長がなんだ、シンドバッドじゃないか、と叫ぶではありま
せんか。生きていたのか、死んだものとばかり思っていた
よ、と言って再会を喜んでくれました。そして、故郷のバグ
ダッドに帰ることができました。そして、以前のように、商
売をしました。

（「アラビヤ夜話」森田草平訳、ARS, 1927）

おうさま（王さま）と召使

中島敦（1909-1942）著。

太平洋のパラオ諸島の一つにオルワンガル島という島があった。この島にルバック、これは王さまとか長老の意味だが、と、その召使がいた。召使は朝から夜までヤシの実をとったり、魚をとったり、ルバックの家の修繕やら洗濯やら、あらゆる仕事を一人でしなければならない。

ルバックは正妻のほかに大勢の妻をもっていた。食事はブタの丸焼き、パンの実、マンゴーのご馳走だった。召使の食事は魚のアラ、イモの尻尾であった。夜はルバックの物置小屋で、石のようになって眠った。

ある夜、召使は夢を見た。自分はルバックになって、大勢の女に囲まれて、ご馳走を食べていた。そして、自分に仕える召使を見ると、それはルバックだった。翌日、目を覚ますと、やはり、もとの召使だった。

次の夜も、次の夜も、同じ夢を見た。夢の中とはいえ、毎日ご馳走を食べているうちに、召使はルバックのようになった。逆に、魚の骨やアラばかり食べていたルバックは、すっかり痩せてしまった。自分にかしずくさまを見て、召使は、とても愉快だった。夢と現実の逆転である。

三か月たったとき、ルバックは召使に尋ねた。召使は、自信たっぷりに、夢の内容を語った。

この島は80年ほど前に、ある日、突然、住民もろとも沈んでしまった。

中島敦は東大国文科卒。1941年、パラオ南洋庁国語教科書編集書記として赴任し、民話を収集した。

おじいさんのランプ （新美南吉の童話）

「これなに、おじいさん、鉄砲?」「これはランプといって、昔は、これで明かりをつけたんだよ。でも、なつかしいものを見つけたね」と言いながら、おじいさんは小さいころの話をしてくれました。

おじいさんは、13歳のころ、人力車でお客さんを運ぶ仕事をしていた。お駄賃に15銭（1銭は1円の100分の1）もらった。それでランプ屋に行って、ランプをおくれ、と言ったら、その3倍するよ、と言われた。でも、どうしても欲しかったので、お金がたまったら、かならず払うから、と言って、ランプを一つもらった。

おじいさんはランプをもっとたくさん買って、ランプ屋を始めたんだよ。よく売れたから、もうかったよ。

その後、村にも電燈がつくようになった。ランプは売れなくなった。油をささなければならないし、天井が黒くなる。電燈は、その点、清潔で、便利だ。

文明開化と言っても、字が読めなくては、お話にならない。それで、おじいさんは、区長の家に行って、字の読み方を教わった。本が読めるようになると、毎日が楽しくなった。それで本屋を始めたのさ。おじいさんは、仕入れた本を、夜になると、一生懸命に読んだよ。おまえのお父さんが、おじいさんの本屋を継いだんだよ。学校もできたし、だれでも勉強ができる、よい世の中になった。

［注］新見南吉（1913-1943）児童文学者。東京外語学校英文科卒。『赤い鳥』の鈴木三重吉に認められた。

おつきさま（The moon；Der Mond, グリム175）

　むかし、お月さまのない国がありました。神さまが世界を作るとき、夜の明かりが少し足りなかったのです。そこでは、夜の間じゅう、まっくらです。この国の職人が四人で旅をしているとき、夜、カシワ（oak）の木の上に光を出す球（まり）を見つけました。それは、やわらかい光を流れるように出していました。通りかかったお百姓に、あれはどういう明かりですか、と尋ねますと、「あれはお月さまですよ」という答えでした。「村長さんが3ターレルで買ってきて、カシワの木に吊るしたのです。村長さんは、いつも明るく燃えるように、毎日、油を注ぐのです。私たちは毎週1ターレルを払っています。」

　職人たちは、すっかり感心して、一人が言いました。「これをおれたちの国に照らしたら、夜も歩けるぞ」。二人目が言いました。「馬車と馬を調達して、このお月さまを頂戴して行こう。この村の人は、また買えばいいじゃないか。」三人目が言いました。「おれは木登りが得意だから、木に登って、お月さまを取りはずして、下におろそう。」四人目が馬車と馬を調達しました。四人は協力してお月さまを綱（つな）で下に下ろし、馬車に載せて、見つからないように、大きな布をかぶせました。そして、祖国に持ち帰り、大きなカシワの木に吊るしました。新しいランプが野原と家々を照らしたとき、村人はどんなに喜んだことでしょう。老人も若者も、小人までも、ほら穴から出てきて、明かりを喜びました。

　四人はお月さまに油を注ぎ、ランプの芯（しん）を掃除し、村人から1ターレルを集金しました。（続きは次のページ）

おつきさまを得た国 （The country with the moon）

　四人は生活の糧（かて）を得たし、村人にも喜んでもらえたし、生活を楽しんでいました。

　しかし、四人は、年を取って、死が近いことを悟りました。四人は、死んだときに、お月さまの四分の一を遺産としてお墓に持ち込むことに決めました。

　一人が死んだとき、村長が木に登り、お月さまの四分の一をハサミで切り取り、棺（ひつぎcoffin）の中に入れました。お月さまの明かりは、前よりは小さくなりましたが、それでもまだ十分に明るかったのです。二人目が死ぬと、また四分の一が減りました。こうして三人目が死に、四人目が死ぬと、昔のように、夜はまっくらになりました。

　しかし、今度は逆に、地下の世界では、お月さまの四つの部分が一緒になって、すっかり明るく照らしましたので、今まで眠っていた死人たちが目をさまして、起き上がりました。そして昔のような生活を始め、賭博をしたり、ダンスをしたり、酒場で喧嘩を始めたり、騒音は天まで届いたから大変です。天国の門番をしていた聖ペテロが「けしからん」と怒って、馬に乗って、下界へ降りて行き、死人どもに「お墓に戻れ」と命じました。そして、お月さまを天に持ち帰り、そこに吊るしました。

［注］ゲルマン神話では、太陽は女性（ドイツ語die Sonne）月は男性（ドイツ語der Mond）、ローマ神話では太陽は男性（ラテン語sōlソール）、月は女性（ラテン語lūnaルーナ）です。英語も古くは区別がありましたが、いまはthe sun, the moonで同じです。

オックスフォード（Oxford）

　Oxfordは「牛の渡瀬」（Oxene-ford牛が渡る川の浅瀬）の意味だが、イギリスで最も古い格式のある大学のある都市である。大学の創立は1167年で、イタリアのボローニャ（Bologna, 1119）に次いで古い。そのあと、サラマンカ（スペイン、1218）、ソルボンヌ（パリ、1257）が続く。東京帝国大学は1877年である（1945以後東京大学と改称）。

　オックスフォードは、大学の所在地であると同時に、重要な英語辞典を出版してきた。The Oxford English Dictionary（1933, 13巻、改定第2版、1989, 33巻）、The Concise Oxford English Dictionary, The Pocket Oxford Dictionary を始め、古代アイスランド語辞典、ゴート語文法、など、学界への功績は計り知れない。

　オックスフォード大学はラテン語、ギリシア語、サンスクリット語の教育と研究にも重要な役割を果たし、日本のサンスクリット語学者高楠順次郎（1866-1945, 東京帝国大学教授）やギリシア語学・文学者高津春繁（1908-1973）はオックスフォードに留学して、研鑽を積んだ。

　東京帝国大学で言語学を教えたのは英国人チェンバレンだった（1850-1935）。言語学（当時、博言学と呼ばれた）と日本語学を教えた（1886-1890）。古事記の英訳（Records of Ancient Matters）があり、『日本事物誌』Things Japanese（1905）は外国人のための日本小百科事典である。日本の国歌「君が代」の英訳もチェンバレンによる。

おてい（お貞）の話（The Story of O-tei）

ラフカディオ・ハーンのKwaidan（1904）の中の一編。

むかし、越後の国、新潟の町に、長尾長生（ながお・ちょうせい）という青年がいた。彼は医者の息子で、将来、医者になることになっていた。幼いときに、父の友人の娘お貞と婚約していた。長尾が研究を終えたら、お貞と結婚する予定だった。しかしお貞は15歳のときに肺病（当時、不治の病であった）にかかり、余命がいくらもないと悟ったとき、婚約者の長尾を呼んで言った。「長尾様、私たちは今年の暮れに結婚することになっていましたが、いま、私は死んでゆかねばなりません。しかし、信じてください。私は生まれかわって、ふたたび、この世に帰ってまいります」と言って、目を閉じてしまった。

長尾は一人息子だったので、結婚せねばならなかった。父の選んだ女性と結婚し、子供も生まれた。しかし、その後、不幸が続き、両親も、妻も、子供も失ってしまった。彼は淋しい家を捨てて、悲しみを忘れるために、旅に出た。

ある日、伊香保（いかほ）という山村に着いた。温泉と風景で有名な保養地である。宿泊の宿で、一人の娘が給仕に来た。長尾は、彼女の顔を見ると、お貞にそっくりではないか。

彼は彼女に尋ねた。「あなたは私の知っている女性にそっくりです。失礼ですが、あなたのお名前と故郷を教えていただけませんか」「私の名はお貞で、新潟の者です。あなたは私の婚約者、長尾長生様です」こう言って、彼女は気を失ってしまった。長尾は彼女と結婚した。楽しい生活だった。しかし彼女はその後、伊香保での出来事を思い出すことができなかった。

おとめ（乙女）イルゼ（Maiden Ilse）

グリム伝説（317；Jungfrau Ilse）

ドイツのハルツ山地にイルゼンシュタイン Ilsenstein（イルゼの石）という巨大な岩山がある。その岩山はブロッケン山のふもとのイルゼンブルク（Ilsenburg, イルゼの城）の近く、ヴェルニゲローデ（Wernigerode）伯爵領の北側にあり、イルゼ川の流れを浴びている。向かい側に、似たような岩山があり、地震のために、地盤が割れて出来たらしい。

ノアの洪水の際に、二人の恋人がブロッケン山に逃げて来た。押し寄せる洪水の中を泳いで岩山の上に立ったとき、岩が二つに割れて、ブロッケンに向かって左側に乙女が、右側に青年が立った。二人は抱き合って洪水の中に飛び込んだ。乙女の名はイルゼといった。いまでもイルゼは、毎朝、イルゼの岩（Ilsenstein）を開けて、イルゼ川で水浴びをする。彼女を見た人は、彼女を美しいとほめる。

ある朝、炭焼き人が彼女を見かけたので、親しげに挨拶すると、彼女が手招きするので、ついて行くと、彼女は岩の前で、彼のリュックサックを取って、中に入って行った。そして、中を一杯に満たして戻って来た。あなたの小屋に帰るまで、開けてはいけませんよ、と彼女は言って消えてしまった。炭焼きはあまり重いので、イルゼ橋まで来たときに、開けてしまった。すると、中はドングリやモミの実ばかりだ。ガッカリして川の中に捨てた。だが、イルゼの岩の上に落ちると、チャリンと音がして、それが金だと分かった、まだ隅に残っていたものを持ち帰ったが、それだけでも、生活が十分に豊かになった。

おとめ（乙女）イルゼの別の伝説

　前頁はグリム兄弟のドイツ伝説（DS317）だが、別の伝説によると、イルゼンシュタインに、むかし、ハルツ（Harz）王のお城があって、イルゼという美しい姫がいた。近くに魔女がいて、その娘は、この上なく、みにくかった。イルゼには求婚者がたくさん訪れたが、魔女の娘には見向きもしなかった。魔女は怒って、お城を岩に変えてしまった。岩のふもとに、姫にしか見えないドアを作った。このドアから魔法をかけられたイルゼが、毎朝、出てきて、川の中で水浴びをする。彼女の姿を見ることができた人は、お城の中に案内されて、ご馳走と贈り物が与えられる。しかし、イルゼの水浴び姿を見ることができるのは、一年のうちの、ほんの数日だ。彼女と一緒に水浴びをできる人が、あらわれれば、彼女の魔法は解けるのだが、そんな男は、彼女と同じくらいに、美しく、徳をそなえていなければならない。

　［注］der Harz（＜Hart「山林」）はドイツ中央部にニーダーザクセン（Niedersachsen；niederは「低い」；cf. Netherlands「低地地方、オランダ」）州とザクセン・アンハルト（Sachsen-Anhalt）州にまたがる山地。Anhaltは「斜面」の山地（an-halt つかまり）。その最高峰はBrocken（ブロッケン山；1,140メートル）で、魔女たちが年に一度、集合して、饗宴をすると言われ、ゲーテの戯曲『ファウスト』にも登場する。ハルツ国立公園には1,600種類の高山植物があり、それらが見られる植物園ブロッケンガルテンBrockengartenがあり、ブロッケン鉄道が通じている。

おばあさん（グリム子供伝説, KHM208話）

　むかし、大きな町に、年取ったおばあさんが住んでいました。夕方になると、部屋で、たったひとり、昔のことを考えていました。亡くなった夫、二人の子供、親せき、最後に残った友人も亡くなって、たった一人になってしまったのです。一番大きな損失は二人の息子でした。神さまに嘆いて、深い思いに沈んでいると、突然、早朝の教会の鐘が鳴るのが聞こえました。真夜中なのに、と不思議に思いましたが、教会に行きました。

　教会に着くと、いつものように、ろうそくのように明るくはなくて、弱い明かりでした。教会は、もう大勢、人がいて、席は全部ふさがっていました。いつもの、自分の席に来ると、そこには、空いた席はありませんでした。見ると、席に座っているのは、みな、亡くなった親せきの者たちでした。みな、古風な衣装で、青ざめた顔をしていました。話し声も歌声も聞こえません。すると、一人のおばさん（Muhme）が、おばあさんに語りかけました。「ごらんなさい。祭壇のうしろに、あなたの二人の息子さんが見えますよ。一人は絞首台にかけられ、もう一人は車にひき殺されていますよ。神さまは、息子さんたちが罪を犯すまえに（犯さないですむように）、まだ罪を知らぬあいだに、天国にお召しになったのです。」おばあさんは、ふるえながら、家に帰り、息子たちが罪を犯す前に、神さまが天国へお召しになったことを知り、神さまに感謝しました。

　そして、その三日後に、おばあさんは亡くなりました。

　似たような民話がノルウェーの「真夜中のミサ」にあります（下宮『ノルウェー語四週間』1993, p.380）。

48

かものちょうめい （鴨長明） 1155-1216

　歌人。18、9歳のとき、父を失い、家を捨てて、芸道修行に励（はげ）んだ。主著「方丈記」（1212；Notes from my ten foot square hut）は、晩年に方丈（ほうじょう；3メートル×3メートル）の小屋を作り、隠居生活を送りながら、歌を詠んだ。方丈に住んだのは、晩年の数年であると思われる（Joseph Yamagiwa, University of Michigan）。

　ゆく河の流れは絶えずして、しかも、もとの水にあらず。よどみに浮かぶうたかたは、かつ消え、かつ結びて、久しくとどまりたるためしなし。世の中にある人と栖（すみか）と、またかくのごとし。The river flows ceaselessly. And yet, the water is never the same. Bubbles on stagnation vanish and combine. They never remain the same. Such is man and his home in this world.

　夏目漱石は東大在学中、ディクソン（Dixon）先生に英訳を頼まれて、次のように訳した。Incessant is the change of water where the stream glides on calmly : the spray appears over a cataract, yet vanishes without a moment's delay. Such is the fate of man in the world and of the houses in which they live.

　隠者の系譜は、その後、松尾芭蕉（1644-1694）に受け継がれた。芭蕉（ばしょう）は「おくのほそ道」（The narrow road to the interior）の中で、陸奥（むつ）を目指した。

きえた（消えた）三人の王女（A.Ransome, 1935）

　広いロシアの大地に王様と三人の娘が住んでいました。王様は娘たちがさらわれないように、地下に宮殿を作り、そこに住まわせていました。娘たちは本を読んで、この世界には太陽が輝き、夜はお月さまと星が光っていることを知りました。娘たちは父にせがんで、地上の、太陽が輝くところに連れて行ってくださいと頼みました。王様は愛する娘たちの願いを断ることができません。それぞれの娘に10人の乳母とお手伝いをつけて地上に案内しました。娘たちは、生まれて初めて太陽を見ました。なんと美しいこと！　空気のすがすがしいこと！

　しかし、突然、大きな風が吹いて来て、王女たちは、アッという間に、遠くに吹き飛ばされてしまいました。

　王様は国中の英雄、勇士を呼び集めて、王女たちを探させましたが、見つかりません。村のはずれに貧しい女が三人の息子と住んでいました。彼女は一晩に三人の息子を生みました。長男は夕方に、次男は真夜中に、三男は朝に生まれました。そこで、息子たちを夕方、真夜中、日の出と名付けました。

　三人は森の中を三か月進んだとき、小さな小屋にたどり着きました。その地下の洞穴に巨大なヘビが三匹、王女の一人一人についていて、三人が、それぞれ戦いましたが、結局、末の息子（日の出）が三匹のヘビを仕留めて、三人の王女は、父親の王様のもとに帰ることができました。長男は一番上の王女と、次男は二番目の王女と、三男は三番目の王女（これが一番美しいのですが）、と結婚しました。［出典］
Arthur Ransome, Old Peter's Russian Tales. London, 1935.

きそじ（木曽路）と島崎藤村

瀬沼茂樹著（平凡社、歴史と文学の旅、1972）。

作家・島崎藤村（1872-1943）の足跡を写真入りで解説したもの。木曽路と島崎藤村（馬籠、妻籠、木曽福島、小諸）、木曽路を歩く（夜明け前の舞台：古寺、関所、木曽の史跡）。

島崎藤村は長野県馬籠（まごめ）村に生まれ、9歳のとき、勉学のために東京に出た。『破戒』（1906）で文壇デビュー。小学校教員瀬川丑松（うしまつ）は部落民の出身で、父親からそれがバレたら、職を失うぞ、と言われていたが、それを生徒の前で告白し、職を失った丑松は、テキサスの新天地に去った。

藤村は1913-1916年（42-45歳）パリに留学し、ちょうど第一次世界大戦の時期であったが、その様子が『エトランゼエ（仏蘭西旅行者の群）』（1922, 432頁、1922.11.20.に第9版まで出ている）に描かれている。パリに落ちついたとき、タタミの上に思いきり、身体を伸ばして、寝たいなあ、と思った。戦争が激しくなり、パリを逃れてリモージュ（Rimoges）に滞在していたとき、小さな女の子たちに、小さなお菓子の袋を与えたことがあった。すると、次に会ったときに、日本人、クリをおあがり、と言ってくれた。このときの様子は、日本の子供たちに送った絵葉書に描かれ、『幼きものに』（256頁、実業之日本社、1917、48版1926）にまとめられている。

著者・瀬沼茂樹（1904-1988）は評論家、『日本文壇史』全6巻、翻訳：テーヌ（Hippolyte Taine）の『文学史の方法』（岩波文庫）がある。東京商科大学（一橋大学）在学中に伊藤整と知り合った。

ギター弾きのサトコ（Sadko the dulcimer-player）

　サトコは生まれ故郷、ロシアのノブゴロド（Novgorod「新しい町」）のヴォルホフ（Volkhov）川のほとりで、毎日ギターを奏でていた。名前はサトコだが、青年である。彼はヴォルホフ川が恋人だった。魚を釣って食べていた。

　川の底に住むヴォルホフ川の王が、ある日、サトコを川の中の宮殿に招いた。「毎晩、美しい音楽を奏でてくれてありがとう。私には娘が30人いる。どれか気に入った者を選ぶがよい。そして結婚するがよい。」サトコは叫んだ。「アッ、ヴォルホフ川と同じくらいに美しい」と言って、一番末の娘を選んだ。結婚式のあと、彼女の宮殿に行って、ギターを奏でながら、休んだ。「美しい妻よ、あなたはヴォルホフ川と同じくらいに美しい。」翌朝、目をさますと、サトコは、ヴォルホフ川の朝のもやの中にいた。

　［出典］A.Ransome：Old Peter's Russian Tales. London, 1935.

　挿絵はヴォルホフVolkhov川岸のボート。

SADKO

52

きみ（君）死にたまふことなかれ

与謝野晶子（1878-1942）の反戦歌。

ああ、をとうとよ、君を泣く
君死にたまふことなかれ
末に生まれし君なれば
親のなさけはまさりしも
親は刃（やいば）をにぎらせて
人を殺せとをしへしや
人を殺して死ねよとて
二十四までをそだてしや。

Oh my brother, I cry for you.
You must not give your life!
You, the youngest of us all,
Most loved by our parents.
Did they place a sword in your hands,
Teaching you to murder :
To kill and then to die yourself?
Is that how they raised you,
these twenty-four years?

与謝野晶子は大阪、堺の和菓子屋の娘。2歳年下の弟、壽三郎は日露戦争（1904-1905）のため、旅順Lushünに赴いたが、無事に帰国し、家業の和菓子屋を継いだ。晶子は与謝野鉄幹（1873-1935）と1901年に結婚。12人の子供を育てながら詩作にはげんだ。鉄幹がパリに赴くと、あとを追って1912年パリに行き、詩集『夏より秋へ』（1914）を書いた。

きんのさかな（金の魚）

　欲ばってはいけないよ、とおじいさんが孫のワーニャ（男の子）とマルーシア（女の子）に、次のお話をしました。

　むかし、海岸の掘っ立て小屋におじいさんとおばあさんが住んでいました。おじいさんは、ある日、金色の魚を釣りました。賢そうな目をしていましたよ。金の魚が言いました。「私は、いまは魚ですが、もとは人間でした。だから、食べてもおいしくありません。だから、放してください。」「ああ、わかった。じゃあ、好きなところへ、おゆき」と放してやりました。

　家に帰って、その話をすると、おばあさんは、怒りました。「おまえさん、ばかだねえ。こんな家に住むのはいやだよ。せめて台所とベッドのある部屋がほしいじゃないか。早く行って、その金の魚にお願いしておいでよ。」おじいさんは、いやいや、海岸に行って、金の魚を呼んで、おばあさんの願いを伝えました。「家に帰ってごらんなさい。希望通りにしましたよ。」家に帰ると、新しい家がありました。冷蔵庫には飲み物と食事が入っています。すると、おばあさんの欲はだんだんエスカレートし、お城に住んで、女王になりたい、最後には、太陽と月を支配する神さまになりたい、と言うではありませんか。そのとたんに、お城も、庭のある家も、みんな、なくなり、夫婦は、海岸の、むかしの掘っ立て小屋に住んでいました。

［出典］A.Ransome, Old Peter's Russian Tales.　London 1935. グリム童話「漁師とその妻」（グリム19）のロシア版です。プーシキンの『勇士ルスランとリュドミーラ姫』（岩波少年文庫）の中の「漁師と魚」にあります。

54

クリスマスの贈り物（フィンランド民話：コリンデル 1957）

　湖のほとりに大きな村と小さな農場がありました。今日はクリスマスです。男の子ダニエル Daniel と妹のアンニ Anni が村に買い物に行きました。クリスマスの晩は暮れるのが早い。買い物を終えて、家に帰るとき、雪はますます激しくなり、家はまだ遠い。するとオオカミが出て来て、子供のために、少し食べ物を分けてください、と言うのです。アンニはパン 2 斤（きん、斤、はひとかたまり、英語 loaf）を与えました。しばらくすると、今度はクマが来て、子供たちのために食事を少し分けてください、と言うのです。ダニエルはミルクを半分、シラカバの樹皮の容器に入れて渡しました。

　家に帰ると、子供たちは途中の出来事を両親に話しました。「よいことをしたね」と両親は感心して聞いていました。それから全員でお祈りをして、食事を始めましたが、ふしぎなことに、パンはいくら食べても減らず、ミルクはいくら飲んでも減りません。そのとき、窓をひっかく音が聞こえて、オオカミとクマが前足で立っていて、ありがとうと言うではありませんか。夫婦と子供たちは、食事を少しばかり分けてあげたことに対して、神さまがお返しに祝福をくれたことを知りました。

　［出典］スウェーデンのウプサラ Uppsala 大学教授ビョルン・コリンデル Björn Collinder（1894-1983）の『ウラル諸語ハンドブック』第 3 巻 Survey of the Uralic Languages（Stockholm, 1957, 536 頁）の中のフィンランド語の章のテキスト（No.30, p.92-95）フィンランド語・英語の対訳。題名の「クリスマスの贈り物」は私がつけた。

グリム兄弟 (Brothers Grimm)

　グリム兄弟というと、グリム童話のヤーコプ・グリム (1785-1863) とヴィルヘルム・グリム (1786-1859) が有名だが、兄弟姉妹6人いて、末の弟ルートヴィッヒ・グリム (1790-1863) が三番目に重要であった。ルートヴィッヒはカッセル (Kassell) のアカデミー教授で、グリム童話の挿絵を描いた。童話の普及は、この挿絵に負うところが大きい。

　グリム兄弟の長兄ヤーコプはゲッティンゲン大学で1830年夏学期 (Sommersemester, 4月から7月まで) から1837年罷免されるまで7つの異なる講義を行った。ドイツ法の資料と古代性 (6回予告、2回タキトゥスのゲルマーニアについて；古代ドイツ神話学、計3回)；古代ドイツ語文法、現代語と比較して (6回予告、実行)；ドイツ文学史 (3回予告、2回実行)；古文書学 (文字の起源、写本の読み方、2回予告、実行)：オトフリット解説 (聴講者不足のため中止)。

　ヴィルヘルムは病気のため休講が多かった。ニーベルンゲン詩の解説 (7回予告、2回実行)：フライダンクの格言およびヴァルター・フォン・デア・フォーゲルヴァイデの詩の解説 (4回、休講)：ヴォルフラムのヴィレハルムの解説 (1回、休講)：グドルーン (1回、実行)。

　『グリム小論集』ヤーコプ・グリムは8巻あり、ベルリン・アカデミーでの講演や書評を再録したもの。第2巻の「カレワラについて」(1865, 463頁) はフィンランドの叙事詩カレワラを論じ、スウェーデン語訳とロシア語訳が出た。ヴィルヘルム・グリムの小論集は4巻あり、童話・神話を論じる。

グリム・メルヘン列車（Märchenzug nach Grimm）

　これは1990年度の独語学特別演習（土2時限）を履修している学生21名の作品を集めたものです。メルヘン列車は午前11時30分に教室を発車し、13時00分に教室に帰れるようになっています。当時、目白駅の車庫に遊んでいる車両が1台あって、昼間、レストランになっていました。

　　時刻表：教室発　　　ab Klassenzimmer 11:30
　　　　　　グリム園着　an Grimm-Garten 12:00
　　　　　　グリム園発　ab Grimm-Garten 12:30
　　　　　　教室着　　　an Klassenzimmer 13:00

　このメルヘン列車は24席の特別車（Sonderwagen）で、1990年12月15日（土）11時30分に教室を発車します。23泊（Übernachtungen）24日の旅ですが、1日が3分間に短縮されていて、13時00分には教室に帰れるようになっています。乗客は独文4年生特別演習参加の23名です。ガイドのかとう・かずこさんは学習院大学独文科卒のエッセイストです。宿泊地は白雪姫の7人のこびとの家、イバラ姫のお城、赤ずきんちゃんの森、星の銀貨の降ってきた森、など、みなグリムにゆかりのある（verbunden mit）場所です。宿泊地ごとに1人3分の作品発表を鑑賞しましょう。自由時間には村や町を探検して結構です。コビト、ヤギ、オオカミとお話できる脳味噌転換機（Gehirnautomat）もご利用ください。では発車オーライ。（下宮『目白だより』文芸社、2021, p.40：かとう・かずこ Kato Kazuko は頭韻 alliteration を踏んでいる。本書p.145の「ラインの古城」参照）

こううん（幸運）の長靴 （アンデルセン童話）

Galoshes of Fortune (Lykkens kalosker, 1838)

　コペンハーゲンのあるお屋敷でパーティーが開かれていました。話題は中世と現代のどちらがよいか、というのです。法律顧問官クナップはハンス王（1481-1513）の時代がよかったという意見でした。このお屋敷の玄関には幸運の長靴が置いてありました。それを履くと自分の行きたいところへ行くことができるのです。

　顧問官は、家に帰るときに、玄関にたくさん履物がありましたので、うっかりこの長靴を履いてしまったのです。それで、彼が望んでいたハンス王の時代に行ってしまいました。ですから、ふだんは立派な舗道なのに、今晩はぬかるみです。おや、街灯もみんな消えている。そうだ、辻馬車に乗って帰ることにしよう。だが、辻馬車はどこだ。店が一軒もないじゃないか。しばらく行くと、酒場をかねた宿屋に出ました。おかみさんに「クリスチャンスハウンまで辻馬車を呼んでくださいませんか」と頼みましたが、15世紀ですから、何のことだか話が通じません。客が、ラテン語を知っていますか、とたずねました。

　顧問官は、いままで、こんな野蛮で無学な連中に会ったことが、ありませんでした。まるでデンマークが異教の昔に戻ってしまったようです。「そうだ、なんとかして逃げ出そう」と戸口まで這い出たとき、追いかけてきた人たちに、長靴が、つかまってしまいました。しかし、さいわいなことに、長靴がぬげて、それと同時に、魔法も解けてしまいました。そして顧問官は東通りに出て、辻馬車に乗って家に帰ることができました。

こうやひじり （高野聖） Kohya Saint

　泉鏡花 （いずみ・きょうか1873-1939） の小説 （1900）。

　高野聖が越前から信州まで飛騨 （ひだ） の山越えをした。山の中の分かれ道で、一人の薬売りが、お坊さん、近道はこっちですよ、と細い道に入って行った。ひどい道で、木の上からはヘビや山蛭 （やまひる） が落ちてきて、首すじに吸いついた。気味わるい森をぬけると、一軒の山家 （やまが house in the mountain） があった。中に入ると、一人の白痴 （はくち） と美しい女がいて、泊めてくれた。女は高野聖を谷川に連れて行って、からだを洗ってくれた。見ると、女も裸になって、水浴びをしていた。そこへ、ガマ、コウモリ、サルがあらわれて、女のからだにまとわりついた。かれらは、もと、人間だったが、この女に魅惑されて、動物になってしまったのである。富山の薬売りは馬に変えられて、町で売られ、酒のさかなになってしまった。高野聖は、昼間の疲れでウトウトしていた。陀羅尼経 （だらにきょう） を唱えながら眠った。

　山家の女性は、昔、川下にあった医者の娘だった。13年前、8日も降り続いた雨で、村が絶えてしまった。生き残ったのは、医者の娘と、白痴になった夫だけになってしまった。娘は、この道を通って、言い寄ってきた男たちをたぶらかし、動物に変えてしまった。

　泉鏡花は石川県金沢市に生まれ、尾崎紅葉の弟子となり、「外科室」「夜行巡査」を書いた。高野聖は怪奇小説で、最も成功した作品になった。

ゴーゴリ（外套） ロシアの作家 Nikolai Vasilievich Gogol' ニコライ・ゴーゴリ（1809-1852）の小説。

ペテルブルク（ロシアの旧都）の役所にアカーキイ・アカーキエヴィッチという貧しい九等官が勤めていた。彼は下級のままだった。ロシアの冬は寒い。外套は必需品だった。だが彼の外套はつぎはぎだらけで、これ以上、補修ができないほどになっていた。彼は倹約に倹約をかさねて、ようやく新しい外套を買うことができた。上役が新調を祝って夜会を開いてくれたが、その帰り道で、追剥に、財布の次に大事な外套を奪われてしまった。彼は悲しみのあまり、寝込んで、死んだ。すると、まもなく、ペテルブルクに、外套を探す幽霊が出るようになった。

大都会の、しかも、官職にありながら、貧困、階級の乗り越えられぬ格差（gap）がある。九等官は、ずっと昇級できないままだったのだ。

ドストイェフスキーは「われわれはすべてゴーゴリの『外套』から出発した」と言っている。

「外套」のロシア語 pal'tó（パリトー）はフランス語 partout パルトゥ（どこでも、any place, everywhere 着て行ける）からきている。

ロシアの貴族階級は、小さいときからフランス語を教えられ、作品の中にもフランス語が、とくに会話の個所に、ひんぱんに出てくる。プーシキンなどは、最初は、フランス語で作品を書いていた。

こけ（苔） moss, Moos, mousse

こけ（moss）は、ことわざ「転がる石は苔むさず」A rolling stone gathers no moss（職業を転々と変える人は成功しない）に登場する。日本国国歌「君が代」には、永遠の象徴として、「千代に八千代にさざれ石の……苔の蒸すまで…」と歌われ、チェンバレン（Basil Hall Chamberlain, 1850-1935）の『日本事物誌』（Things Japanese 1905）に次のように英訳されている。

A thousand years of happy life be thine!

Live on, Our Lord, till what are pebbles now,

By age united, to great rocks grow,

Whose venerable sides the moss doth line.

チェンバレンは東京帝国大学で博言学（＝言語学）および日本語学の講師であった（1886-1890）。『日本近世文語文典』『日本口語文典』、外国人のための日本小百科事典『日本事物誌』があり、これらは日本を世界に紹介した。

こけと老木（the moss and the old fallen tree）：

この老木は川のほとりに根のついたまま倒れた老木である。そこに苔が生えて、ともに生きている。老木は苔に安住と栄養を与え、苔は心地よく生息することができる。日本の原風景の一つと言ってもよい。老木で思い出されるのは、ラフカディオ・ハーンの「青柳物語」だ。柳の精（spirit）が山奥に父、母、娘と三人で住んでいた。吹雪の晩に訪れた20歳の青年が一晩の宿を乞うと、娘が飲食をもてなし、彼女の父と母の前で、娘に求婚した。許されて京都で5年間、しあわせに暮らした。

こどものおしゃべり（Children's Prattle）

アンデルセン童話（1859）。

ある商人の家で子供たちのパーティーがありました。子供たちは、みんな自慢をしていました。一人が言いました。「私は侍従（じじゅう：君主に仕える人）の子よ」。別の子が言いました。「私のパパはチョコレートを100リグスダラー（100万円）も買って、それをまき散らすことができるのよ」。すると別の子が「…センで名前が終わっている人は、えらくなれないんですって」。作家の娘が言いました。「うちのパパは、みんなのパパを新聞に出すことができるのよ。みんな、うちのパパをこわがっているんですって。新聞を支配しているのは、うちのパパなんですから」。そのとき、ドアのそとに、一人の貧しい男の子がいて、すきまから中をのぞいていました。この子のお母さんは、このお屋敷の料理女として雇われていたのです。

あれから何年もたちました。男の子は、イタリアに留学して立派な彫刻家になりました。トールヴァルセン（Thorvaldsen）はセンで終わっていますが、立派な人になりました。町の大きな家に、男の子の作品を見るために、毎日、大勢のお客さんが訪れました。

［アンデルセンがイタリアで彫刻の創作をしていたトールヴァルセンを訪問したとき、子供時代の話を聞いて、童話にしたものです。センは「息子」の意味で、アンデルセンはアンドレアス（勇敢な人）の息子の意味です。トールヴァルセンはトール（Thor北欧神話の雷の神）のような力（valdヴァル）をもった人の息子の意味です］

ことわざ（グリム「ドイツ語辞典」の定義）

　ことわざ（proverb，ドイツ語Sprichwortシュプリッヒヴォルト）はラテン語でproverbiumプロウェルビウム，ギリシア語でadagiumアダギウム，という。グリムの定義は「類語を組み合わせたことば、多くの人に話されることば」である。グリム童話からの例：義務は固くても割らねばならぬクルミのようなものだ、義務はつらいもの（Muss ist eine harte Nuss，グリム童話54）；痛い目にあうと、人は賢くなる（durch Schaden wird man klug，グリム童話64）；簡単に稼いだお金はすぐになくなる、あぶく銭（グリム童話107）。始まりがよければ、半分完成したのも同じ（グリム童話114（frisch gewagt ist halb gewonnen）；類は友を呼ぶ（Gleich und gleich gesellt sich gern，グリム童話164, 199）；約束したことは守らねばならない（Was du versprochen hast, das must du auch halten，グリム童話1）；よいことは三つある（Aller guter Dinge sind drei，グリム童話2；朝食がおいしかった、昼食もおいしかった、夕食もおいしいだろう）；罪を後悔して、それを白状する者は許される（Wer seine Sünde bereut und eingesteht, dem ist sie vergeben，グリム童話3）；太陽が罪を裁いてくれる（Die klare Sonne bringt's an den Tag，グリム童話115；仕立屋が修業中、一文なしになった。途中で出会ったユダヤ人に金をよこせ、と迫ったが、8銭しかもっていなかった。もっとあるにちがいないと殺してしまったが、それしかなかった。

ことわざの言語学 （proverbs and linguistics）

ことわざは「ことのわざ」（art of things）である。英語 proverb は pro-verb「ことばのために」で、この verb は「動詞」ではなく、ラテン語では「ことば」の意味だった。ラテン語 verbum ウェルブムは*werdhom から出て、英語 word と同じ語源である。ことわざのギリシア語 par-oimíā（パロイミアー）も「ことばのために」の意味である。

「時は金なり」Time is money. はアメリカの大統領ベンジャミン・フランクリン（1706-1790）のことばで、またたく間に世界中に広まった。ドイツのダニエル・ザンダースの『引用句辞典』（Leipzig, 3版1911）に「時は金なり、しかしたくさん時間のある人はお金もたくさん必要だ」とある。

ことわざの文法の特徴をいくつかあげる。

頭韻（alliteration）：Adam's ale is the best brew.

　　　　　　　　　　アダムのお酒（＝水）は最良のお酒。

脚韻（end-rhyme）：ド Träume sind Schäume. トロイメ・ズィント・ショイメ。夢は泡（あわ）。

　フ Songes, mensonge. ソンジュ・マンソンジュ。夢はウソ。

　スペイン Quien no ha visto Sevilla, no ha visto maravilla. キエン・ノ・ア・ビスト・セビーリャ・ノ・ア・ビスト・マラビーリャ。セビーリャを見たことのない人は奇跡を見たことがない。Sevilla はイスラム建築が多い。

　対比（contrast）：ド Je höher der Berg, je tiefer der Tal. イェー・ヘーハー・デア・ベルク・イェー・ティーファー・デア・タール。山が高ければ高いほど、谷は深い。

コンサイス・オックスフォード辞典 (C.O.D.)

The Concise Oxford Dictionary (by H.W. Fowler and F.G.Fowler, 1952, xvi, 1523pp.)

序文に「辞書を作る人 (dictionary-maker) は、あらゆる分野の知識を備えていなければならない、とある。全知 (omniscience, ギリシア語panepistêmē) が必要なのだ。C.O.D.について中川芳太郎 (1882-1939) は『英文学風物誌』(研究社、1939) で「C.O.D.は、ここ20年あまり離れがたき好伴侶であった」と記している。あの大きなオックスフォード英語辞典 (1928, 補遺1933) 13巻を圧縮したのであるから、ファウラー兄弟の苦労は大変だったろう。

この辞書で困るのは見出し語の配列である。たとえば、unction (塗油、油薬、軟膏) が、なかなか出てこない。なんと、接頭辞un-1, un-2が終わったあと、untainted, unused, unwak(en)edが続く。unctionはまだ出てこない。unadopted, unanchor, … unveilのあとに、やっとunctionが登場した。アルファベット順にすべきだ。

この辞書で初めて学んだのはMiddleの項目にあるMiddle Kingdom (= China) だった。日本語でも「中国」だ。1582年、イタリアの伝道師マテオ・リッチMatteo RicciがMiddle Kingdomと呼んだ。

dictionary, glossary, secretary, vocabularyを並べると、glossaryとsecretaryから形容詞glossarial, secretarialを作ることができるが、dictionary, vocabularyからはできない。

サイゴンのワニ (The crocodile in Saigon)

（島崎藤村がフランスに留学するとき、子供たちに書いた）

　いま、お父さんはフランスに行く途中、サイゴンに寄りました。1913年のことです。サイゴンは、とても暑いところです。今日、植物園に行きました。植物園といっても、ワニなんぞが飼ってあるのですから、動物園を兼ねていました。ワニがいたので、ワニさん、こんにちは、と挨拶しました。ワニは2メートルもある、大きなワニでした。お父さんはワニに話しかけました。「ワニさん、日本にもお前たちの親類が来ていますよ」すると、ワニが答えました。「わたしたちの身内のものが日本にもいるんですか。それで、それはなんというところです？」「東京の上野公園です」「日本は冬は寒いところと聞いていますから、そのワニも寒がっていることでしょう」「それは大丈夫です。冬には、部屋を暖めてやりますから」「そういうしあわせなワニもいるんですね。私の子供のころのお話をしましょう。わがままばかりして育ちましたから、サイゴンの町はずれを流れている川を泳いでいますと、洗濯をしている女がいました。私の親は、しきりにとめましたが、私はその洗濯女を川の中にひきずり込んで、食べてしまいました。

　いまは、その罰として、植物園の、こんなせまいところに入れられて、うとうと居眠りばかりしています。ここの植物園に雇われている鳥や獣の中には、なかなかの役者もいまして、芸当をして見物人を喜ばせていますが、私にはとてもできません。日本にお帰りになったら、サイゴンにいた不精なワニの懺悔話を日本の若い身内の者たちにお伝えください」

ササフラス（sassafras）

　クスノキ科の樹木、北米東部原産の樹木で、芳香があり、香料の原料として用いられる。この名を初めて知ったのは、市河三喜の『古代中世英語初歩』（研究社、1935）p.26に

　The sweet wood yclept sassafras（Lamb, Elia）

「ササフラスと呼ぶ香り高き木」とある。チャールズ・ラムは1775-1834であるから、近代の詩人だ。このy-は過去分詞につけられる接頭辞で、ドイツ語のge-nannt（呼ばれる）のge-にあたる。もう一つy-の例がある。

　Spring yclad in grassy dye.（Byron, Childe Harold）「春が緑の色に包んだ」このycladはcltothedの意味で、過去分詞のy-はドイツ語ge-（gekleidet）にあたる。Byronは1788-1824で、『チャイルド・ハロルドの遍歴』で文学史に名を残している。享年36の短い人生だった。

　ドイツ語の過去分詞に規則的に用いられるge-は、英語では、上記の例に残るだけで、早くに消えてしまった。

　チョーサー（1340-1400）の『カンタベリー物語』（The Canterbury Tales）には、y-がたくさん出てくる。

　y-bathed（bathed）、y-blent（blinded）、y-boren（born）、y-clad（clad, clothed）、y-cleped（y-clept, called）、y-comen（come, pp.）、y-doon（done）、y-forged（made）、y-goon（gone）…

　as hyt hadde me y-knowe（私に知られたように）

　seth his deth y-shapen（彼の死が作られるのを見る）

　i-wysは過去分詞ではないが、ドgewiss「確かに」

シーセダン（Merci, messieurs et mesdames）

なんと、メルシー、メッシュー・エ・メダム（Thank you, gentlemen and ladies）がシーセダンと聞こえるのだ。『ふらんす80年の回想』（白水社, 2005, p.73）。野村二郎（1928-）が Lettre de Lyon（リヨン便り, 1954）の中で書いている。日本語の「こんちわー」が「ちゃー」になるようなものか。野村二郎は東京外国語大学フランス語科卒、東京教育大学助教授を経て筑波大学教授。『ふらんす生活あ・ら・かると』（白水社1958）などの著書あり。

最初のパラグラフと無関係だが、2022年夏は、近年にない猛暑で、ヨーロッパでは、1,700人が死んだそうだ。カリフォルニアでは毎年森林火災が起こる。日本は森林大国だが、火災は滅多に起こらない。山梨県の山奥で道に迷った小倉美咲ちゃん、もし山火事が起こったら、逃げて、助かったかもしれないのに。

ぼくの心の中で二つの声がする。「働け！」「サボれ！」そこで、ぼくは、まず、水を飲む、つめたい水を。1. I hear two words in my heart. "Work!" and "Be idle!" So I drink water, cold water. 2. Ich höre in meinem Herzen zwei Worte. "Arbeite!" und "Sei faul!" Da trinke ich Wasser, kaltes Wasser. 3. J'entends deux mots dans mon cœur. "Travaille!" et "Sois paresseux!" Alors, je bois de l'eau, de l'eau froide.

自動死体処理機 （automatic funeral processor）

　題目の日本語と英語は正確には一致しないが、こんな機械があったらいいな、と考えた。サブタイトルは「あなたのおこつ（お骨）をセラミックにいたします」。使用料は20万〜30万円。お医者さんから、いのちは、もういくらもありませんよ、と言われ、生きる希望を失ったら、自分から機械の中に入ってボタンを押す。死の苦痛は全然ない。安楽死euthanasiaだから（ギリシア語euよいthanasia死ぬこと）。

　お骨は門札のようなセラミックになる。大きさは縦16センチ、横8センチ、厚さ1.5センチ（愛用の三省堂デイリーコンサイス英和辞典と同じ）に名前が漢字とローマ字で、それと生没年（西暦）が記される。あて先は家族、親せき、友人、市役所。市役所へはマイナンバーも添える。そこから年金機構に通知され、年金が中止される。

　死骸は粉になって、土にかえる。

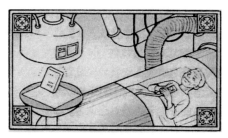

［私は末期を宣言されたので、自動死体処理機に入る］

シベリア鉄道　（Trans-Siberian Railway）

　シベリア鉄道はウラジオストク（Vladivostok）からモスク
ワまでの9,300キロを4泊7日で走る。車名はロシア号。
Vladivostokは「東方制覇」の意味である。Vladí（支配せよ）
vostók（東を）。前半は、語源的に、英語wield, ドイツ語
waltenにあたる。ビデオ「シベリア鉄道」を見るとウラジオ
ストク発は真夜中の0:55となっているが、手元の『ヨーロッ
パ鉄道時刻表』European Rail Timetable 2007ではウラジオス
トク発13:15、7日目モスクワ着17:42となっている。13両のロ
シア号には26人の車掌が乗っていて、2人がそれぞれの乗客
の世話をする。停車駅はハバロフスク、チタ、アムール川を
渡り、ウラン・ウデ（仏教徒の町：ウランは「赤い」、ウデ
は川の名）、バイカル湖畔を通り、イルクーツク（モスクワ
の青年貴族が1825年12月に革命を起こして流刑された町）、
クラスノヤルスク、ノボシビルスク（Novo-sibirsk新しいシ
ベリアの町、人口150万）、オムスク、チュメニ（Tyumen,
トゥラ河畔、人口80万）、イェカチェリンブルク（スヴェル
ドロフスク）、ペルミ（ウラル山脈：ここがアジアとヨー
ロッパの境界点）、ヴィヤトカ、ニジニ・ノブゴロド、モス
クワ（ヤロスラブリ）である。最後のモスクワ（ヤロスラブ
リ）は、東京（上野）のように、東京も広いので、東京（上
野）、東京（新宿）、東京（新橋）のように書く。

　乗客はパン、ソーセージなど食料を持参する。停車駅で、
食料と飲料を買うことができる。朝の食事にボルシチ
（borshch）が支給される。野菜と肉のロシアスープである。

ジャル（JAL）はチャル

　2008年7月26日、ソウルから東京へ帰るときのこと、空港でJALはどこですか、とたずねると、チャルは、あそこです、と答えた。私は5年ごとに開催される国際言語学者会議（高麗大学Korea University）で「俳句と言語学」（Haiku and linguistics）を発表しての帰りだった。私は2003年、プラハでのExecutive Committee（7名）に選ばれていたので、ソウルでのSofitel Ambassador Hotelの6泊宿泊費のほかに250ドルのお小遣いをもらったので、行きに羽田で5000円を46,000ウォン（1円＝9ウォン）に両替しただけで、110ドルがあまった。

　ホテルのテレビでは毎晩6時（18:00）に竹島問題が映っていた。7月23日のexcursionでDemilitarized Zoneに行った。2台のバスで70名の参加者は秘密トンネル（The Third Tunnel, 1978）を見た。国境川イムジン川にかかる「新しい橋」は「南北統一の橋」と呼ばれる。バスガイドFlora Lee（李瑄祐）が日韓の歴史を正確に説明した。

　私は朝鮮語を生半可にしか学ばなかったので、朝鮮語の清音と濁音が、よく分からない。1962年、東京教育大学で河野六郎先生の朝鮮語入門（東洋史の学生も含めて30人）に参加したのだが。下駄getaが朝鮮語に借用されてケダkedaとなる。私は中学1年のころ東京都町田市に住んでいたのだが、近所の朝鮮人の子供がバカbakaのことをパカpakaと言っていた。横浜商店街の中華料理店の店主がお客に「オアシoashiハイカガデスカ」と言った。これも「お味oaji」である。

宗教団体（religious organization）

　安倍晋三（1954-2022）もと内閣総理大臣は、2022年7月8日、選挙応援のために奈良に出張中、暴漢に射撃され、亡くなった。52歳の時、最年少で首相となり在任9年だった。犯人は、母親が所属している宗教団体に多額の寄付をして、破産したので殺した（安倍首相が、その団体に関係していたというのは誤信）。宗教団体は、収入も多いが、支出も多いらしい。寄付をもうやめなよ、と直接、母に言えばよいじゃないか。まったく無関係の人を殺して、どういうつもりなんだ。安倍首相の突然の不幸は世界中に発信され、おくやみの言葉が寄せられた。インドのモディ（Modi）首相は、長年の友の突然の死をいたみ、翌日7月9日を喪の日として、全インドを休日にした。

　宗教って、なんだ？ religionは神と人間をむすぶ関係（ligは結ぶ）と定義される。宗教戦争は1517年の宗教改革あと、ヨーロッパ各地で起こった。ヨーロッパを長い間支配したカトリック（katholikósは全体的の意味、katà holikós）教会に対して、ドイツのルター（Martin Luther, 1483-1546）が反対を唱え、プロテスタント（protestant, 反対する人）と呼ばれ、ヨーロッパを二分する戦争に発展した。イギリスのブリテン島のような小さな地域でも、イギリス国教とアイルランドのカトリック教の間に戦争が続いた。

　日本では、フランシスコ・ザビエル（1506-1552）が1549年、長崎にキリスト教を伝え、日本で信者を獲得した。福沢諭吉（1835-1901）は、自分は、どんな宗教にも属したことはないし、どんな宗教も信じない、と言っている。

しんあい（親愛）なる学生諸君

　というのが、ドイツの大学の最初の授業で先生が学生に語りかけることばである。1965年11月、ボン大学の独文科の講義室で、先生は liebe Kommilitonen（親愛なる、ともに戦う者たちよ）と挨拶した。そうか、先生も学生も、学問と「戦う者」なのだ。この Kommilitone（ともに戦う者）の中にはラテン語 miles（兵士；複数 milites）が入っている（英語のmilitary）。200人ほどの学生の中に、（前の学期からの）気に入らない学生がいたらしく、先生は、出て行きなさい、グズグズしないで、と言った。

　ドイツの授業は、段階があがるごとにきびしくなる。最初200人、300人だった学生が、だんだん、専門があがってゆくと、プロゼミナール（Proseminar）に参加、次にゼミナール（Seminar）に参加となって、学生は20人、10人、5人と減ってゆく。そしてドクター論文を書いてもよいと先生に認められた学生は Doktorand（博士候補）となり、論文と口述試験（試験官は複数）に合格すれば、晴れて Doktor になる。大学教授になるためには、さらに上位の Habilitation（教授資格論文）を書かねばならない。

　ボン大学の恩師クノープロッホ先生（Prof.Dr.Johann Knobloch, 1919-2010）は1944年、ウィーン大学助手時代にドイツ・フランス戦争に従軍して、右足を失った。先生のWien 大学時代の博士論文はジプシー語のテキスト解読（ウィーンの捕虜から学習した）、教授資格論文は印欧語の母音 e/o だった（ドイツ語 binden 結ぶ, 過去 band）。

しんぶん（新聞）newspaper

　新聞は、和語で表現すると、あたらしく聞いたことがら（things newly heard）のように長い表現になる。その点、漢語は便利だ。日本に最初に新聞があらわれたのは、いつか。日本の最初の新聞を作ったのは、イギリス人John Blackで、横浜在住のジャーナリストだった（1827-1880）。チェンバレン（Chamberlain, p.92）によると、それは『日新（にっしん）真事誌（しんじし）』（Journal of new things in Japan）だった。ひとたび種がまかれるや、新聞界は急速に進歩した。日本帝国には781の新聞・雑誌が発行され、東京だけでも209あった。最重要は『官報』（Government news）、次に半官半民の『国民』、保守的で外国嫌いの『日本』、進歩的な『読売』と『毎日』、商業新聞『中外商業新報』、ほかに『朝日』『都』『中央』『報知』も大人気。発行部数は『よろず重宝』が20万部、『大阪朝日』が15万部。『ジャパン・タイムズ』は全文が英語。内閣が変わると、Gōgwai！Gōgwai！（Extra! Extra!）の声が通りに響く。

　新聞の見出し（head）は、最小のスペースに最大の情報を盛り込まねばならないので、漢語が大活躍する。見出しの語法をheadlineseという。図書館で朝日新聞（2022.5.15.）を見ると、沖縄復帰、基地負担続く50年、米ロ協議実現、NATO加盟申請のフィンランド、スウェーデン、北朝鮮コロナ感染52万人、などがあった。2022年2月24日、ロシアのプーチンは「ネオナチ追放」の名目でウクライナに侵攻し、都市の破壊と罪のない住民の殺戮を続行中である。

スイスの山（Two Swiss mountains）

　アルプス連山の二つの高い山、ユングフラウ（Jungfrau, 4158メートル）とフィンステラールホルン（Finsteraarhorn, 4274メートル）、山岳地帯の巨人が会話を始める。

ユングフラウ：何か新しいことはありませんか。貴君は私より
　よく見えるでしょう。

フィンステラールホルン：ちっぽけな虫けらどもが這いまわっ
　ている。あの二足動物さ。

ユングフラウ：人間ですか。

フィンステラールホルン：そうだ、人間だ。

　数千年が過ぎ去った。山々にとっては一瞬である。

ユングフラウ：何が見えますか。

フィンステラールホルン：虫どもは減ってきたようだ。

ユングフラウ：さあ、今度は？

フィンステラールホルン：今度はいい。どこを見ても真っ白で
　すっかりきれいになった。どこも雪と氷だ。

ユングフラウ：ご老人、私たちは十分しゃべりました。もう
寝る時間です。（ツルゲーネフ「会話」1878年2月）

　ツルゲーネフ（1818-1883）はロシアの作家。『初恋』『狩
人日記』などあり。フランスでフローベル、ドーデ、モー
パッサン、ゾラと交際し、ブージヴァル Bougival で亡くなっ
た。上記の会話は岡澤秀虎著『ロシヤ語四週間』大学書林
1942, p.286 からの引用。著者岡澤さんは29歳、早稲田大学
教授だった。1941年に第16版3000部が4回も出た。私はこの
本を学習院大学の村田経和さんから2001年にいただいた。

スウィート（Henry Sweet, 1845-1912）

　イギリスの音声学者、英語学者。オックスフォード大学音声学助教授（Reader in phonetics）であった。その実力にもかかわらず、大学当局は教授職を与えなかった。『学生用アングロ・サクソン語（古代英語）辞典』『古代英語入門』『中世英語入門』『最古の英語テキスト』『口語英語入門』（全部発音記号で書かれている）、『アングロ・サクソン語（古代英語）テキスト、グロッサリーつき』など、その功績は絶大である。

　1995年9月15日、ヘンリー・スウィート生誕150年を記念したHenry Sweet Colloquiumで 私 はSweet and Jespersen in Japanの発表を行い、そのあと、スウィートのお墓（郊外のWolvercote）を訪れた。会議主催者Dr.Mike Macmahonマクマーン（Glasgow）の指示で、私は参加希望者14名を代表してショートスピーチを行った。

「ここに集まったヘンリー・スウィートを愛し、尊敬する人たちを代表して。私はあなたが授業をなさったテイラー研究所を見学しました。あなたが近代語の実際教授法の授業をなさったとき、日本からの生徒が一人いるだけでした。もう亡くなられた東京帝国大学英語学教授の市河三喜博士が1912年にオックスフォードに来たときには、スウィート先生、あなたにお会いできませんでした。」

　日本からの生徒は平田禿木（ひらたとくぼく）（1873-1943）で、文部省留学生としてオックスフォードに来た。外国語教授法の授業の掲示を見て留学の目的にピッタリだと思ったが、生徒は一人だけだった。うちにおいでよ、とSweet先生宅で授業を受けた。

スキー旅行 （Olle's Ski Trip, by Elsa Beskow, 絵本, 1960）

エルサ・ベスコウ（1874-1953）はスウェーデンの画家。27頁の中に全頁15枚のカラー絵と白黒の絵6枚が収められている。見出しのOlle（オッレ）は6歳の男の子。

オッレは6歳。誕生日にスキーをもらいました。お母さん、行ってまいります。サンドイッチを作ってもらって、お母さんと4歳の弟に別れを告げました。

途中で、冬の王さま（King Winter）に出会いました。雪のお城に案内されました。クマが2頭、出迎えてくれました。王さまのお城には二頭のアザラシがいました。

しばらく進むと、ラップランド人が10人、火のまわりにすわっていて、編み物を編んでいました。ラップランドの子供たちが雪合戦をしています。トナカイのひく橇（そりsledge）におじいさんが乗っています。オッレもそのスキーにつなげてもらいました。

「アッ、雪解けおばさん（Mrs.Thaw）がやって来た。おばさん、待ってよ。」

でも、雪解けおばさんは、待ってくれません。

春になったからです。

ごらんなさい、春のお姫さまが車に乗って空を飛んできましたよ。蝶々（ちょうちょう、butterflies）が車を引いていますよ。雪解けおばさんがニコニコしながら、春のお姫さまを迎えています。畑のまわりには小川が流れ、草花が咲き始めました。雪の世界が緑の野と山にかわり、スウェーデンとラップランド（ラップランドはスウェーデンの北部地方）にも春がめぐってきました。

（次ページの絵はエルサ・ベスコウ）

スキーの季節が終わって、春のお姫さまが車に乗って来た。

　地上ではおばあさんが、よく来たね、と出迎える。

Princess Spring comes flying in her carriage.
Drawing by Elsa Beskow（1874-1953）

すずらん （lily of the valley）

　NHK 朝のドラマ（1999 年春）「すずらん」は北海道留萌本線恵比島駅を舞台に、主人公・萌の生涯を描いている。

　萌は 1922 年 11 月 20 日生まれ。生後 2 か月のとき、母親が貧困のため、育てられないと書き置きして、恵比島駅（作品の中では明日萌駅）に捨てられていた。この駅は春になるとすずらんが満開になる。「駅長様、どうかこの子をよろしくお願いします」というメモを見て、駅長（橋爪功）は捨て子をわが娘として育てる決心をした。昨年、妻に死なれ、三人の子供がいたのだが、亡くなった妻のかわりのような気がした。萌は姉一人、兄二人の妹として、素直に育った。19 歳になったとき、生みの母を探して上京した。食堂で知り合った鉄道技師と 1942 年に結婚し、息子が生まれたが、夫は中国で戦死した。戦後、1956 年に 33 年ぶりに萌は生みの母と会うことができた。二人は一緒に北海道へ帰る途中、母は故郷の青森で亡くなった。晩年に思いがけず 30 億円という遺産を手にしたので、長年の夢だった保育園「すずらん保育園」を建てた。

　すずらんの花言葉は幸福の再来（return of happiness）
「小さな駅にも大きなドラマがある。名もなき市井の人にも語り尽くせぬ人生がある」（作者、清水有生）

　原作：清水有生、主演：橋爪功、橘瑠美、遠野凪子、倍賞千恵子。遠野は 14 歳から 59 歳までを演じた可憐な少女である。

　2011 年現在、舞台の中村旅館と駅長宿舎は残っているが、戦前に石炭町として栄え、戦後すずらん弁当でにぎわった活気は消えて、今は無人駅になっている。

せいこううどく　（晴耕雨読）Plough when rainy, read when fine.

　晴れた日には畑を耕し、雨のときは本を読みなさい。漢語は4文字だが、和語で言うと、とても長くなる。英語は6語で、どれも、やさしい単語である。

　太郎は、そこそこの（neither good nor bad）大学を卒業したが、まともな仕事につくでもなく、両親の家で、のんびり暮らしていた。「晴耕」って、なに？　畑が30坪あったので、野菜や果物を作っていた。現金収入は？　昼間はコンビニで働いた。時間はたくさんあったから、どんな時間でも引き受けた。

　「雨読」は？　雨のときは家で好きな勉強をしていた。好きな勉強って、なに？　英語とかドイツ語とかフランス語。それって役にたつの？　教養だから、すぐにお金になるわけではない。

　雨読にもどるが、何を読んでいるのか。アンデルセンやグリムが好きだった。のちにトルストイが加わった。トルストイはTwenty-three tales（民話23話）を愛読している。何度も読んだ。Oxfordの世界古典叢書の1冊で1931年の、古ぼけた本だ。コーカサスの虜（とりこ：老いた母親のところに帰る途中、タタール人に捕らえられた）、人は何によって生きるか（人は愛によって生きる）、二人の老人（ロシヤ人は一生に一度は聖地イェルサレムを訪れる）などが入っている。エリアス（Elias）は真の幸福とは何かを教えてくれる。エリアスは裕福な農夫で、馬200頭、牛150頭、ヒツジ1200匹を持っていた。貧しい人や、旅人に宿と食事を与え、尊敬された。だが、不幸が続き、すっかり貧乏になってしまった。夫婦二人だけになったとき、これが本当の幸福だと思った。

せかい（世界）一美しいバラの花

（アンデルセン童話、1852, The world's most beautiful rose）

女王が重い病気にかかって、いまにも亡くなりそうでした。お医者さんのうちで一番賢い人が言いました。世界一美しいバラの花を差し上げれば、治ります。これを聞いて、老いも若きも、詩人も学者も、乳飲み子を抱いたしあわせな母親も、それぞれが美しいバラの花を持参しましたが、効き目がありません。小さな王子が本をたずさえて、女王のベッドに来て言いました。「おかあさま、聖書にこう書いてありますよ。十字架の上に流されたキリストの血の中から咲き出たバラの花が一番美しい。」

そのとき、女王のほおにバラ色の光りがさしてきました。目が大きく、明るく開いて、言いました。

「バラの花が見えます！」

そして女王は、元気になりました。

アンデルセンは草花を愛し、その156の童話には、バラ、アシ、チューリップ、モミ、スイレン、ブナ、イラクサ、カシワ、シュロ、スミレ、クルマバ草、菩提樹、白樺、ニワトコ、柳、ヒナギクなどが登場する（草水久美子「アンデルセンにおける草花」東海大学北欧文学科1980年度卒業論文）。アンデルセンの故郷オーデンセのアンデルセン公園には、彼が愛した草花146種が咲き乱れている。もう一つの童話で有名なグリム童話には、バラ、ユリ、ブナ、ハシバミ、野ジシャ、ヒルガオなど41種類が登場する。

せんせい（先生）っておいしい職業だなあ、って1994年の学生が言った。だって、自分の好きなことだけやっていればいいんだもの。あのころは、たしかに、アンデルセン、グリム、ハイジ、フランダースの犬、星の王子さま、など自分の好きなテーマを言語学概論や、その他の授業に使っていた。しかし、教師の仕事は、授業だけではない。それ以外の雑用（校務）もかなりある。

　1975年10月、40歳のとき、学習院大学文学部独文科に赴任したときには、不安で一杯だった。同僚は、当時出版されて間もないオットー・ベハーゲル（Otto Behaghel）の『ドイツ言語学概論』（白水社）の訳者、桜井和市、冨山芳正、橋本郁雄、早川東三、川口洋、といった、そうそうたるメンバーだったからだ。彼らの間に伍して、やって行けるだろうか。

　だが、10年、20年が、またたく間に過ぎて行った。その間、病気で休んだことは、ほとんどなかった。学会があっても、めったに休講はしなかった。自分は学習院大学にどんな貢献をすることができたか。何人を教育したか、を数えるべきであるが、これはむずかしいので、何人の学生に教えたか、なら計算できると思って、1975-2004年度の学生数（途中放棄を除く）を合計してみると、9000人だった。担当科目6ないし7つの1年間の合計数は平均300人。多いクラスは全学対象の言語学概論（日文科の長嶋善郎氏が来る以前）や言語と文化（前身は教養演習、ヨーロッパの言語と文化）のある年だったが、それでも、1000名以上を集めた吉田敦彦さんの神話学や左近司祥子さんの哲学概論と比べたら桁違いである。

　才気煥発の学生が数年に一人はいる。そんな発見も教師の醍醐味である。（続く）

（前ページの続き）

　1995年には、こんな学生がいた。「先生、なぜGreat Britainでいうか知っている？」今日、仏文科の授業で教わったばかりなんだけど、フランスのブリテン（ブルターニュ）と区別して、大きなBritanniaというんだよ。知的好奇心に燃えた彼女は、得たばかりの新知識をだれかにおすそわけしたくて、うずうずしていたのだ。で、授業が終わると、ぼくの研究室に飛び込んできて、それを披露したというわけ。卒業の年、「腐ったリンゴなどと言われないように、自分を磨いてきます」と言ってドイツに去って行った。腐ったリンゴはアンデルセンの「コマとマリ」（The Top and the Ball）に出てくる話である。彼女はドイツから帰国して、日独協会「日本とドイツの架け橋 Die Brücke」の編集部で働いている。

　1975年10月、学習院大学に赴任して、最初に驚いたことの一つは、独文科の書庫である。そこには、令名高いパウルの『ゲルマン文献学体系』全3巻（1900-1909, 第2版）が三セットも置かれていた。ぼくは1965-1967年、ボン大学の言語学研究所、独文科、スラヴ語科などで勉強したのだが、なぜか、これに気づかなかった。

　近年、キャンパスが美化されて、雨が降っても靴が濡れないですむように、コンクリートになった。ほとんど毎日お世話になっている目白駅も貴族ふうの姿になった。学習院大学の利点は、鉄道駅のすぐそばにあるという点である。こんなに便利な大学は、そうざらにはない。

　青山学院大学、立教大学、早稲田大学などとくらべたら、一目瞭然だ。上智大学は、この点、学習院大学といい勝負である。（続く）

（前ページの続き）

　ボン大学もボン中央駅のすぐそばにあった。時は逃げる（tempus fugit）とラテン語はいう。こうして、ぼくも去らねばならぬ時が来た。2005年3月は70％の去りがたい気持ちと30％の安堵の気持ちだろう。

　この印欧語族の絵は、ぼくが最も気に入っているものの一つで、下宮・川島・日置編著『言語学小辞典』（同学社、1985, 第4刷2002）からのものである。

　一本の木の幹から枝が分かれ、その枝から小さな枝が分かれ、さらに、小さな枝が分かれるように、語族、語派、個別言語ができた。

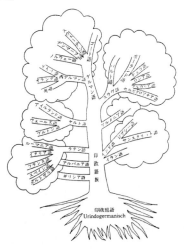

アウグスト・シュライヒャー August Schleicher の系統樹説
August Schleichers Stammbaumtheorie（1869）

ソーセキ（漱石）の孫 (Sōseki's grandson)

　夏目房之介（1950-）はマンガ、エッセイ、マンガ評論を書いている。2002年1月、日本マンガ展監修とNHKドキュメンタリーの仕事でロンドンに行った。ロンドンは漱石が1900-1902年の間、文部省留学生としてシェークスピアを学んだところである。

　その雰囲気から『漱石の孫』『孫が読む漱石』を書いた。

　1999年、マンガ批評の貢献で手塚治虫文化賞特別賞受賞。2008-2021年、学習院大学文学部身体表象文化学教授。

　下の絵は岡本一平の漱石八態の一つで、縁側でバナナの樹に向かって書き物をしている。スズリとフデを使って書いている。左うしろにネコがコワイと言っている。

そっきょうしじん（即興詩人）

アンデルセンの小説（1835）。

原題 Improvisatoren はデンマーク語で、英語は The improvisator である。語源はイタリア語 improvviso（インプロッヴィーゾ）「即興で」。アンデルセンが1833年9月から1834年3月までイタリアを旅行したときの見聞を描写したもので、名所旧跡が織り込まれ、イタリア案内小説といわれる。

ローマに育ったアントニオ Antonio はイエズス会の神学校に学び、ダンテの神曲を知り、親友ベルナルド Bernardo を得た。アントニオはオペラ歌手アヌンチャータ Annunciata と知り合い、彼女に即興詩を贈った。二人の間に恋が芽生えたが、ベルナルドも彼女を恋していることを知り、二人は決闘した。アントニオはベルナルドを傷つけてしまい、ローマから逃れた。ヴェネチア Venezia に行き、即興詩を作っていた。

6年の歳月が過ぎ、アントニオが26歳になったとき、場末の劇場で落ちぶれたアヌンチャータと再会した。二度目に訪ねると、彼女はすでに旅に出たあとだった。遺書から彼女が愛していたのはアントニオであることを知った。自分はこれから死ななければならない、とあった。

軍医だった森鷗外（1862-1922）がドイツ語から訳した文語訳『即興詩人』（春陽堂1902）は原作以上の作品といわれる。原語、デンマーク語からの散文訳は宮原晃一郎（1882-1945）『即興詩人』（金星堂1923, 再版、養徳社1949）、大畑末吉訳『即興詩人』（岩波文庫）があり、安野光雅絵・文『即興詩人』（山川出版社2010）は絵入りで楽しい。

そら（空）飛ぶトランク（The Flying Trunk）

　アンデルセン童話（1839）。トルコに行った少年の話です。

　少年は裕福な商人の息子でした。父親が死ぬと、さんざん遊んで、遺産をすべて使い果たしてしまいました。友人が古ぼけたトランクをくれて、これに荷物を入れなよ（Pack up!）と言いました。これはふしぎなトランクで、空を飛ぶことができるのです。自分が中に入ってカギをかけると、空に舞い上がり、アッという間にトルコに着いてしまいました。少年はトランクから出て、森の中にトランクを隠して、町に出ました。高いところにお城があるので、通りの女の子に尋ねました。「お姫さまが住んでいるのよ。恋愛で不幸になるという予言が出たので、誰も近づけないようになっているの」。

　少年は森に引き返し、トランクに乗って、お城の窓から忍び込みました。お姫さまはソファーで寝ていましたが、あまり可愛らしいので、キッスしてしまいました。彼女はおどろいて、誰なの、と聞くので、ぼくはトルコの神さまで、空を飛んで来たんだよ、と自己紹介し、かわいい赤ちゃんを運んでくるコウノトリの話をしました。面白いお話だったので、お姫さまはとても喜びました。少年が結婚してくれる？と尋ねると、いいわよ、両親が土曜日にお茶に来るから、そのとき、聞いてね。トルコの神さまと結婚すると聞いたら、きっと喜ぶわ。

　約束の日、両親の快諾を得ましたが、結婚式の前夜、空に花火が打ち上げられ、町中が喜びに沸きました。が、その花火の一つが森の中のトランクに火がついて、燃えてしまい、計画はオジャンになってしまいました。

だいがく（大学）書林 (2010)

　Es war einmal ein goldenes Zeitalter...

（むかし、黄金時代があった…）

　大学書林（東京都文京区小石川）は1929年に佐藤義人氏（1902-1987）が創業したものである。英語四週間、ドイツ語四週間など26言語の入門書が有名だが、その後、基礎英語、基礎ドイツ語…、アラビア語辞典、トルコ語辞典、ヒンディー語辞典など、貴重な東洋の言語にも及んだ。

　佐藤義人さんは早稲田大学文学部独文科出身で、最初は友人たちのドイツ語教科書を出版することから始めた。長男の佐藤政人（まさと：1935-2019）さんも父親と同様、早稲田大学文学部独文科の出身で、最初、大学書林編集員、のち、編集長、1987年から社長として、文化的な事業に貢献してきた。

　そこで、発起人：半田一郎（東京外国語大学）、森田貞雄（早稲田大学）、下宮忠雄（兼：編集・世話人、学習院大学）として、2010年『外国語愛好者からの手紙—佐藤政人75歳祝賀文集 Bibliofile breve til hr.Masato Sato på 75-årsdagen 14 marts 2010（64頁、100部）を作成し、寄稿者29名に2部ずつ送った。寄稿者はアイウエオ順で、浅香武和、家村睦夫、伊藤太吾、岩崎悦子、上田和夫、荻島崇、小沢重男、大高順雄、国原吉之助、黒柳恒男、小泉保、古賀充洋、古城健志、児玉仁士、佐藤純一、下宮忠雄、菅田茂昭、高橋輝和、竹内和夫、千草眞一、半田一郎、福井信子、福田千津子、村田郁夫、森信嘉、森田貞雄、山下泰文、山田泰完、吉田欣吾であった。

だいがく（大学）書林の黄金時代

大学書林の「書林」を広辞苑で引くと、①書籍が多くある
ところ、②転じて、書店、とあり、大学書林という名称はハ
イデルベルクの有名な Carl Winters Universitätsbuchhandlung
（大学書店）、Carl Winter Universitätsverlag（大学出版社）に似
ている。大学書林から出版されている言語の数は108に達し
（下宮『世界の言語と国のハンドブック』大学書林、2001）、
佐藤さんの弟の佐藤巨巨呂（こころ，1942-）さんの大学書林
国際語学アカデミー（新宿の四谷，1988年創立）は55言語
（最盛時76言語）を扱っている。両方とも、黒字の言語は1、
2割ではないだろうか。

その王者の例を、筆者の知る限り、三つだけあげる。一つ
は笠井鎮夫（しずお）著『スペイン語四週間』。東京外国語
大学教授だった笠井さん（1895-1989）が亡くなられたとき、
257版も売れた、と朝日新聞にあった。筆者の手元にある岡
澤秀虎著『露西亜語四週間』は昭和17年（1942）改定20版
5000部発行（定価2円50銭）と奥付にある。岡澤さん（1902-
1973）は早稲田大学教授で、初版出版時（1931）弱冠29歳
であった。当時、ロシア語は赤の言語として、日陰の存在で
あったにちがいないが、昭和16年（1941）3月第16版3000
部、同年6月第17版3000部、同年9月第18版3000部、同年
11月第19版3000部、と売れに売れている。このことを佐藤
政人さんに話したら、『中国語四週間』は、戦前、中国に渡
る兵隊がみなリュックサックに入れて出陣したので、毎年、
何万部も売れたそうだ。

巻末のツルゲーネフ散文詩「ユングフラウとフィンステ
ラールホルンとの会話」など、何度読んでも面白い。（続く）

（前ページの続き）
「アルプスの山々に、二つの巨人が立っている。ユングフラウとフィンステラールホルンである。

　ユングフラウ（4158メートル）がその隣人フィンステラールホルン（4274メートル）に言う。「何か新しいことはありませんか。下界には何がありますか」

「あなたは私より、よく見えるでしょう」

　幾千年が過ぎる。一瞬間である。すると、フィンステラールホルンが雷のとどろくような声で答える。「密雲が大地を覆っている…まあ、待ちなさい！」

　さらに幾千年、すなわち、一瞬間が過ぎる。

「さあ、今度は？」とユングフラウが問う。

「今度は見える。チッポケな虫どもが這いまわっている。あの二足動物さ」「虫どもは減ってきたようだ…」1878年2月

『労働者と白い手の男』 対話（1878年4月）

労働者：お前はおれたちの仲間じゃねえ。

白い手の男：いや、ぼくもきみたちの仲間だ！

労働者：なに、仲間だって！　おれの手を見てくれ。きたねえだろう。肥料のにおいやコールタールのにおいがするだろう。

白い手の男：ぼくの手をかいでみてくれ。

労働者：こりゃどうだ、鉄みてえなにおいがするが。

白い手の男：鉄のにおいがするはずさ。おれは6年間も手錠をはめられていたんだ。きみたちを圧制する奴らに反抗したんだ。すると、やつらはぼくを牢屋にぶち込みやがった。

（続く）

（前ページの続き）

　尾崎義『フィンランド語四週間』（1952）は、四週間叢書にはめずらしく、著者の略歴が載っている。尾崎さん（1903-1969）は1922年、外務省留学生としてストックホルムに留学、日本大使館に勤務するかたわら、ストックホルム大学でノルド語、フィンランド語を研究。外務省退職後、東海大学文学部に北欧語学科を創設（1968）、デンマーク語、スウェーデン語、ノルウェー語、フィンランド語四つの専攻科を作った。

　大学書林の『四週間叢書』は26言語、Teach Yourself叢書は44言語、Kunst der Polyglottie叢書（Wien & Leipzig）は最盛時1900年ごろで、200言語あった。

　『フィンランド語四週間』1952も、『スウェーデン語四週間』1955も、全体の語彙がなくて不便だったので、私の『ノルウェー語四週間』（1993）には詳しい語彙をつけた。ノルウェー語・日本語4612語（p.495-636, 発音、語源つき）。

　この語彙は、Martin Lehnertの『古代英語入門』（ゲッシェン叢書、1955[3]）に学んだもので、ゲッシェン叢書からは、どれほど栄養をもらったか、はかりしれない。

　1962年に開始した矢崎源九郎先生（1921-1967）と森田貞雄先生（1929-2011）の『デンマーク語中辞典』は、1995年に森田貞雄監修、福井信子・家村睦夫・下宮忠雄共編で再スタートし、『現代デンマーク語辞典』（大学書林、2011, 1508頁、デンマーク語・日本語47,000語、付：日本語・デンマーク語6,600語）、各種付録。発音記号をつけたことにより、従来のものより、抜本的は優良辞典となった。

91

だいこん（大根）と大雨〔radish and heavy rain〕

　大根（おおね）という駅が新宿発小田急線にあった。いま
は東海大学前と名前がかわっている。ダイコンは漢音だが、
オオネは和音である。では、大雨は、なぜ「ダイウ」になら
ないんだろう。日本人は生まれたときからその習慣になれて
いるが、初めて日本語を学ぶ外国人は戸惑うだろうなあ。

　と思って、例を拾ってみた。

「だい」：大小、大地、大仏、大事業、大洪水、重大、特大、
莫大、巨大

「たい」と読む：大金、大将、大抵、大会、大海、大軍

「おお」：大雪、大男、大阪、大田（区）、大台、大通り、大
晦日（おおみそか）、大騒ぎ、大雪、大島、大筋、大威張、
大潮、大太鼓、大海原、大空、

　何かルールはあるか。

　人名：大野、大村、大宮、大島、大空（大空眞弓、女優）、
大竹（大竹しのぶ、女優）、大津、大利根、大沼。

　地名：大原、大船渡、大間、大宮、大町（おおまち、長野
と佐賀にある）、大森、大鰐。

　以上、人名と地名に共通のものが、かなりある。

　上海（シャンハイ：ゴーストタウン化した町に、外出禁止
令が解除になって、買い物客の大軍がデパートに押し寄せ
る）シャンハイShanghaiを地名語源辞典（A.Room, Place-
names of the World, London 1997）で見ると、日本人ならだれ
でも分かることだが、shàng "on, above", hǎi "sea" とある。

たび（旅）の道連れ（1）（The travelling-companion）

アンデルセン童話（1835）。

　小さな部屋には病気のお父さんと息子のヨハネスがいました。テーブルの上のランプは消えかかっています。「ヨハネスや、お前はよい子だったね。神さまが、きっとお守りくださるよ」と言って、目を閉じてしまいました。ヨハネスはお母さんも兄弟もいません。親切だったお父さんを思って、泣きじゃくりましたが、疲れて眠ってしまいました。

　1週間後にお葬式があげられ、埋葬されました。次の朝、ヨハネスはお父さんが残してくれた50リグスダラー（50ドル）を持って、旅に出ました。最初の夜は野原の干し草の上で寝ましたが、二日目の夕方、嵐になったので、丘の上の小さな教会の中で寝ました。真夜中に目を覚ますと、雨はやんでいて、お月さまが輝いていました。見ると、二人の男が、ひつぎの中の死体を引きずり出しているではありませんか。「なぜそんなことをするんですか」と尋ねると、「この男はひどいやつで、借金を支払わないまま死んでしまったのさ。だから、痛めつけてやるんだ」「ここに50リグスダラーあります。ぼくの全財産です。これを差し上げます」と言うと、男たちは、もと通りにして、立ち去りました。

　次の朝、森の中を歩いていると、後ろで呼ぶ声がします。「どこへ行くんだい？」「広い世界に」とヨハネスは答えました。青年は「ぼくも広い世界へ行くところだ。一緒に行かないか。」で、二人は一緒に歩きだしました。二人とも親切な心の持ち主でしたので、すぐに仲よくなりました。（次ページに続く）

旅の道連れ（2）は賢い（The travelling-companion is very wise）森の中で出会った道連れは、とても賢く、何でもよく知っていました。次の日、朝食をとろうとしているところに、一人のおばあさんがやって来て、二人の前でころんでしまいました。青年は、正確には、旅の道づれですが、リュックサックを開いて、膏薬（こうやく）を取り出して、おばあさんに塗ってやると、すぐに治って、また歩けるようになりました。

山を越えて旅を続けると、大きな町に出ました。ここのお姫さまは、とても美しい方でしたから、大勢の王子が結婚を申し込みました。しかし、お姫さまのなぞが解けないと、殺されてしまうのです。お姫さまは、実は、魔女といううわさでした。ちょうどそのとき、お姫さまが12人の侍女と一緒に通りかかりました。ヨハネスは、お姫さまを見ると、すっかり好きになってしまいました。だって、それはそれは美しいんですから。「ぼくはお姫さまに求婚する」と言うと、みんなはやめたほうがいいと言い、そして旅の道づれも、賛成しませんでした。

しかし、翌日、ヨハネスは一人でお城に出かけました。王さまはヨハネスを出迎えて、「それはやめなさい」とおっしゃって、庭に案内しました。「ごらんなさい、これは娘に求婚して、なぞが解けないために、命を落とした王子たちの骸骨（がいこつ）なのですよ。」そのとき、お姫さまが侍女たちと一緒に入ってきて、ヨハネスにやさしく挨拶しました。そして、求婚に来たことを伝えると、「明日、もう一度、いらっしゃい」と、おっしゃいました。その、おしとやかな言い方は、ヨハネスの胸に、グッと来ました。（続く）

94

旅の道連れ (3) の課題 (Johannes was asked)

　次の朝、旅の道づれは、お姫さまと靴の夢を見たことをヨハネスに話しました。「だから、そう答えてごらん」と言いますので、答えはそれに決めました。お城では裁判官も待っていました。「お姫さまが何を考えているか」を言い当てるのが課題でした。お姫さまは、やさしく、ヨハネスを見つめました。それで、「靴」と言うと、お姫様は、まっ青になりました。正解だったからです。今までに、どんな求婚者も答えられなかったからです。王さまもお城の人たちも大喜びでした。

　二日目に、旅の道づれは、「お姫さまの手袋の夢を見たよ」とヨハネスに話しました。そこで、お城で、そのように答えたのです。今度も合格です。あと一つです。

　その晩、旅の道づれが、真夜中に、お姫さまがお城から出かけるあとをついて行くと、お姫さまは魔物（トロル）のお城に飛んで行くではありませんか。お姫さまは、求婚者に二つともなぞを解かれてしまいました、明日の問題は、どうしたらよいでしょう、と魔物に尋ねますと、お姫さまに「わたしの顔を思い出しなさい」と助言しました。旅の道づれの姿はお姫さまにも魔物にも見えません。魔物がお姫さまをお城の寝室まで送り届けると、山に帰って行きました。その途中で、旅の道づれは魔物を切り殺して、その頭を持ち帰りました。頭をきれいに洗って、ハンカチに包みました。

　翌朝、旅の道づれは、ヨハネスに包みを渡して、お姫さまに尋ねられたら、この包みを開けなさい、と言いました。お城では、全員が待っていました。（続く）

旅の道連れ （4）がナゾ三問を解いた

（he solved all questions）

　ヨハネスはお城に着いて、お姫さまの前に坐りました。
「私が何を考えていますか」とお姫さまが問うので、ヨハネ
スは包みを開けました。すると、恐ろしい魔物の首が出てき
たので、お姫さまもヨハネスも、王さまも、びっくりしてし
まいました。お姫さまは、まさか正解が出るとは思いません
でしたが、三つとも正解でしたので、観念しました。そし
て、「あなたと今晩結婚式をあげましょう」とおっしゃいま
した。

　しかし、お姫さまは、まだ魔女の心が残っていましたの
で、ヨハネスを好きになれませんでした。旅の道づれは三枚
の羽根と薬のビンを渡して、ベッドに入る前に、たらいの水
の中に羽根と薬を入れておいて、お姫さまを三度沈めなさ
い。そうすると、魔女の魂が消えて、きみのことが好きにな
るよ、と言いました。その通りにすると、お姫さまは一度目
に沈められると、黒い鳥になり、二度目に沈められると、白
くなりましたが、首のまわりに黒い環（わ）が残りました。
そして、三度目に沈められると、お姫さまは心も身体もすっ
かり美しい姿になりました。

　次の朝、王さまと宮中の家来が全員、お祝いの言葉を述べ
るためにやって来ました。そして、最後に旅の道づれが来ま
した。ヨハネスが言いました。「私がこんなにしあわせにな
れたのも、みなあなたのおかげです。どうか、いつまでも、
一緒にいてください」しかし、旅の道づれは頭を振って、静
かに言いました。「いやいや、私は、ただ、借金をお返しし
ただけですよ」と言いました。（続く）。

旅の道連れ（5）の恩返し（he paid for Johannes）

「あなたは持っていたお金を全部あの男たちにやって、その死人をお墓の中で眠らせてくれたでしょう。その死人が私だったのです」と言うと、姿を消してしまいました。

　ヨハネスはお姫さまと結婚して、子供もたくさん生まれ、王さまは孫たちと遊んで、しあわせな余生を送りました。

　［デンマーク民話にもとづいている］

王さまは孫たちとお馬さんごっこ
（ride-a-cock-horse）をして遊びました

だんせい（男性）語と女性語

（man's word and woman's word）

「ありがとう」をポルトガルやブラジルの人は、男性は obligado（オブリガード）と言い、女性は obligada（オブリガーダ）という。英語 I am obliged（オブライジド）の意味で、過去分詞だからである。

　日本語は、最近は、男女の区別なく、おはよう、おはようございます、と言うが、「おはやいではございませんか」と言うと女性っぽくなる。「おはやいことですこと」なら、女性である。「やに、はやいじゃないか」は男性である。

　戦後（1945）、民主主義の時代となり、男性語と女性語は接近した。「なにしてんのさ」は男女共通だが、「なにしてやがるんだ」は男性、出がけにグズグズしている夫に向かって妻は「なにをなさっているんですか」という。「今日、映画に行こうよ」「今日、映画に行きませんか」は男女、どちらとも区別がつかない。

　ロシア語は he was happy と she was happy が動詞と形容詞で男女を区別する。（he）was が byl（ブイル）、（she）was が bylá（ブイラー）となり、happy も、男女で語尾がかわる。イワンは書いた（napisál ナピサール）、ナターシャは書いた（napisála ナピサーラ）、のように、主語が男性か女性かで、異なる。これは過去形が、歴史的には、過去分詞なので、このようになる。主語が複数の場合には、複数形になる。ポルトガル語の「ありがとう」と同じである。

チェンバレン（Basil Hall Chamberlain）

　チェンバレン（1850-1935）は英国人で、東京帝国大学で博言学と日本語学を教えた（1886-1890）。『日本事物誌』（Things Japanese, 1905）を書いて、外国人のための日本小百科事典の役割を果たした。日本の社会階級、宗教、種族、新聞、日本式英語、日本のヨーロッパ化、礼儀などを教えた。

　次は「君が代」の英訳である。

A thousand years of happy life be thine!

Live on, Our Lord, till what are pebbles now,

By age united, to great rocks shall grow,

Whose venerable sides the moss doth line.

　日本の新聞（newspaper）を最初に作ったのはイギリス人 John Black（1827-1880, スコットランド生まれ）で、横浜在住のジャーナリストだった。1872年に開始した『日新真事誌（にっしんしんじし）』で、ひとたび種が蒔かれるや、新聞界に急速に進歩した。日本帝国には781の新聞・雑誌が発行され、東京だけでも209種もあった。

　最重要は『官報』、次に半官半民の『国民』、保守的で外国嫌いの『日本』、進歩的な『読売』と『毎日』。『中外商業新報』は商業新聞。『朝日』『都』『中央』『報知』も大人気。発行部数最大は『よろず重宝』の20万部、『大阪朝日』は15万部。『ジャパン・タイムズ』は全文が英語。

　内閣が変わると "Gōgwai! Gōgwai!"（Extra! Extra!）という声が聞こえる。

ちょうふく山の山んば（mountain witch）

これは秋田のお話です。山んば、は山の神につかえる女です。ある日、「ちょうふく山の山んばが、子供を産んだで、もちもってこおーッ、もってこねば、人も馬も食い殺すぞーッ」と叫び声が聞こえました。これを聞いた村人は、さあ大変、だれがもちを山んばのところへ持っていくんだ。村一番の元気もの、かも安とごんろくが持っていくことになりました。じゃが、山んばの住んでいるところは、だれが知っとるんだ。そこで村一番のとしよりの杉山のばんばに道を尋ねることにしました。ばんばと二人の若者が、おもちをかついで山を登って行きますと、また声が響きました。「もちはまだかーッ」すると、若者二人はビックリ仰天、さっさと山を下りて行ってしまいました。

ばんばは、おもちが重くて、とても運べませんので、道の途中に置いたまま、テクテク山を登って行きました。やっと、山んばの小屋にたどり着くと、山んばが出て来て、おおご苦労じゃった。して、おもちは、と尋ねるので、わしゃ重くて運べんけい、道の途中さ、置いてある、と。そばにいる、生まれたばかりの山んばの子供に、もちを持ってこい、と命令しました。

子供はサーッと山を駆け下りて、持ち帰りました。そして、大きなナベでスープを作り、その中におもちを小さく切り、山んばと、この子供が、おいしい、おいしい、と言って食べました。山んばは、お礼にと言って、にしきの織物をくれました。ばんばは、村人たちに、その織物を分けてあげましたが、ふしぎなことに、この織物は、切っても、切っても、減りません。それ以後、村人は、だれも風邪をひきませんでした。

できるとできないの間（between can and cannot, zwischen können und nicht können, entre pouvoir et ne pas pouvoir）

生きると死ぬの間 between live and die

　　ふだんの生活

食べると食べないの間 between eat and not eat

　　朝食から昼食の間、昼食から夕食の間、睡眠の間

寝ると寝ないの間 between sleep and not sleep

　　朝から晩まで（昼寝を除く）

書くと書かないの間 between write and not write

　　テーブルに座って、思案しているとき、食事中、睡眠中

働くと働かないの間 between work and not work

　　食事中、睡眠中、思案中

できるとできないの間

　　なすべきか、なさないべきか思案中

　　西暦7世紀のインドの詩人バルトリハリ Bhartṛhari に「存在の無意味」Sinnlosigkeit des Daseins という詩がある。

　　人間の生命は100年間とされ、夜の間にその半分が過ぎる。

　　その半分が子供時代に、別の半分が老年時代に過ぎる。

　　残りが病気と別離と不幸と労働などに費やされる。

　　水と波と泡（あわ）に似た人生に、人間の幸福はどこに。

　［出典］マンフレート・マイルホーファー著『サンスクリット語文法』（下宮訳、改定版、文芸社、2021, p.72）

ドーバーへの道 (The Road to Dover, 1850)

これは、英国作家ディッケンズ（Charles Dickens, 1812 -1870）が10歳のときの伝記である。

私は孤児になって、ロンドンのビン詰め工場で働いていたが、仕事があまりつらいので、逃げ出して、ドーバーに住む親せきのミス・ベッツィ Miss Betsey を頼って出発した。ロンドン・ドーバー間は124キロ、汽車で2時間の距離だ。お金がないので、4日間、歩いた。夜は野原で寝た。途中、ドロボーに遭って、上衣やシャツを取られた。4日目、やっと、おばさんに会えた。まあ、なんて格好でしょう。早速、オフロに入れてもらった。さっぱりして、出ると、そのままグーグー寝てしまった。

同じマンションに住むディックさんが呼ばれて、三人で、ひさしぶりに、ごちそうの食事をした。ディックさん、これからどうしたらいいかしら。そうだね、ゆっくり休ませてあげれば。私は、ひさしぶりに、ゆっくり、ベッドで寝ることができた。

私は、ひさしぶりに、ベッドで寝ることができた

郵便はがき

料金受取人払郵便

新宿局承認

7552

差出有効期間
2024年1月
31日まで
（切手不要）

160-8791

141

東京都新宿区新宿1−10−1

（株）文芸社

愛読者カード係 行

ふりがな お名前		明治　大正 昭和　平成	年生　歳
ふりがな ご住所	□□□-□□□□	性別	男・女
お電話 番　号	（書籍ご注文の際に必要です）	ご職業	
E-mail			
ご購読雑誌（複数可）		ご購読新聞	新聞

最近読んでおもしろかった本や今後、とりあげてほしいテーマをお教えください。

ご自分の研究成果や経験、お考え等を出版してみたいというお気持ちはありますか。

ある　　　ない　　　内容・テーマ（　　　　　　　　　　　　　　　　　　　）

現在完成した作品をお持ちですか。

ある　　　ない　　　ジャンル・原稿量（　　　　　　　　　　　　　　　　　）

書　名							
お買上書店	都道府県	市区郡	書店名				書店
			ご購入日	年	月	日	

本書をどこでお知りになりましたか?
　1.書店店頭　2.知人にすすめられて　3.インターネット(サイト名　　　　　　　)
　4.DMハガキ　5.広告、記事を見て(新聞、雑誌名　　　　　　　　　　　　　　　)

上の質問に関連して、ご購入の決め手となったのは?
　1.タイトル　2.著者　3.内容　4.カバーデザイン　5.帯
　その他ご自由にお書きください。
　(　　　　　　　　　　　　　　　　　　　　　　　　　　　　　　　　　　　)

本書についてのご意見、ご感想をお聞かせください。
①内容について

- -
②カバー、タイトル、帯について

弊社Webサイトからもご意見、ご感想をお寄せいただけます。

ご協力ありがとうございました。
※お寄せいただいたご意見、ご感想は新聞広告等で匿名にて使わせていただくことがあります。
※お客様の個人情報は、小社からの連絡のみに使用します。社外に提供することは一切ありません。

■**書籍のご注文は、お近くの書店または、ブックサービス(☎0120-29-9625)、**
セブンネットショッピング(http://7net.omni7.jp/)にお申し込み下さい。

とくなが・やすもと（徳永康元）先生

　徳永康元先生（1912-2003）は東京外国語大学の言語学とハンガリー語の先生だった。先生は東大言語学科の出身で、ハンガリー語を専攻し、1939-1942年、ブダペストに留学した。モルナール『リリオム』（岩波文庫）の翻訳、『ブダペストの古本屋』（恒文社、1982）と『ブダペスト回想』（恒文社、1989）の著書があり、そこに戦前・戦後のハンガリー旅行、ヨーロッパの古本屋探訪が記されている。先生は音楽にもくわしく、バルトークの音楽の一章もある。ハンガリー語の唯一の教え子である岩崎悦子さん（1944, 東京教育大学言語学科卒）によると、蔵書は3万冊、そのうち、ユーラシアやフィン・ウゴル（ハンガリー語はウゴル語派）関係の蔵書は5000冊だった。先生は毎年200本の映画を見て短評も書いた。

　私自身は、1965年、東京教育大学大学院時代、先生のウラル語学概論を受講し（6、7人だった）、出版されたばかりのGyula Décsy（ジュラ・デーチ）の『フィン・ウゴル言語学入門』（Otto Harrassowitz, 1965）を紹介されて、私は早速、注文した。著者Décsyデーチ（1925-2008）は、その後『ヨーロッパの言語的構造』（1973）を著し、私にとって、あこがれの学者になった。

　徳永先生からは青山学院大学言語学概論の非常勤（1978-2003）、日本大学三島分校国際関係学部の設立委員への推薦をいただき、言語学概論と比較言語学の授業を1979-1994年の間行った。月曜日午前、早稲田大学商学部ドイツ語の授業2つのあと、午後一番の東海道新幹線で三島に向かった。

とっとりのふとん（鳥取の布団） ラフカディオ・ハーン

Bedclothes of Tottori（日本の面影、角川ソフィア文庫）

　鳥取の町の小さな宿屋で起こった出来事。旅の商人が宿を
とった。宿屋の主人は心から客をもてなした。新しく開いた
宿屋だったから。客は料理をおいしくいただき、お酒も飲ん
だ。客は布団に入って寝ようとすると、どこからともなく、
子供の声が聞こえた。「あにさん、寒かろう」「おまえ、寒か
ろう」客はだれか部屋を間違えて入ってきたのだろうと思っ
て、また布団に入ると、同じ声が聞こえた。「あにさん、寒
かろう」「おまえ寒かろう」と。客は起きて、行灯（あんど
ん）に明かりをつけて、寝た。すると、また同じ声が聞こえ
た。客は気味が悪くなり、荷物をまとめて、宿屋の主人をた
たき起こして、ことの次第を話し、宿賃を払って、別の宿屋
を探す、と言って、出た。

　次の日も、別の客が泊まったときに、同じことが起こっ
た。客は怒って、出て行ってしまった。

　翌日、宿屋の主人は、この布団を購入した古道具屋を訪ね
て布団の持ち主を調べてもらった。その持ち主の家族は、貧
しく、小さな家に住んでいたが、その家賃は、ほんの60銭
だった。父親は月に2, 3円の稼ぎしかなく、ある冬の日、父
親が病に倒れ、母親も亡くなり、幼い兄弟はふたりきりで残
された。身寄りはだれもなく、ふたりは食べ物を買うため
に、家の中にあるものを売り払っていった。家賃を払えなく
なった兄弟は、たった一枚残った布団にくるまっていたが、
鬼のような家主に追い出された。二人は最後に残った布団に
くるまり、雪の中で抱き合ったまま、凍えて死んでしまっ
た。

ながさき（長崎）オランダ村（Nagasaki Holland Village）

1983年に開園した。オランダそっくりの街並みで、ここは外国なのだ。パスポートをご覧ください。

私は1991年10月6日（日）にオランダ村を訪問した。最盛時1990年には200万人の参加者があった。

その前日、長崎市活水女子大学で開催の日本サピア協会の学会に参加して、私は「ヨーロッパ諸語における変化の傾向（drift）」の発表を行った。主催は九州大学名誉教授林哲郎先生で、ヘンリー・スウィート協会を設立した。大阪外国語大学の林栄一先生も参加した。林栄一先生はイェルムスレウ Hjelmslev の Prolegomena to a theory of language（1953）の翻訳がある（研究社英語学ライブラリー41, 1959）。

オランダ村は、長い間、日本中のファンに親しまれたが、惜しくも、2001年に閉園した。しかし、2016年に「ポートホールン長崎」として再開、そして2017年に再び「長崎オランダ村」の名称が復活した。

ネスフィールドの英文法

(J.C.Nesfield, Outline of English Grammar, 1957, 239pp.)

　英文法というと、オックスフォードのヘンリー・スウィートやコペンハーゲン大学のオットー・イェスペルセンが有名だが、ロンドンから出ているネスフィールド（1836-1919）の英文法も評判だ。初版は1900年だが、ほとんど毎年出版され、1903, 1905, 1908年は2回リプリントされ、1918年には3回もリプリントされている。

　本書は5章からなり、1. 品詞、2. 動詞、3. parsing（品詞の分析；parseはpartからきて、単語をどの品詞に割り当てるかの意味）とsyntax（統辞法）、4. 単文から複文へ、5. 語源（etymology）となっている。

　語源の章では、接尾辞-ar, -en, -er, -ishなどを扱い、-erにはゲルマン系（Teutonicと言っている）のriderやrobberとロマンス語系（Romanceと言わずRomanicと言っている）archer, renderがあり、-yにはゲルマン系（dadd-y指小辞、might-y形容詞）、ロマンス系（jur-y, famil-y, stud-y）、ギリシア語（energ-y）がある。

　far, farther, farthestの比較級・最上級の-th-はどこから生じたか。古いfore（前方へ）、fur-ther, fur-thestから類推で「遠い」の形容詞にも用いられるようになった。

　練習問題が多く、教員試験問題からのもある。例：次の文の動詞とその目的語を指摘しなさい（p.94）。He lived a life of industry, and died the death of the righteous. 彼は勤勉な生活を送り正義者の死に方をした。

ノラルダ（Noralda, 妖精の名）

　スカンジナビア半島の北にラップランド地方（Lappland）があり、ラップ人の国、という意味です。ノルウェー、スウェーデン、フィンランドの三つの国にまたがっています。

　ラップランドにノラルダという8歳の少女がいました。

　むかしむかし、アダムとイブに大勢の子供がいました。神さまがお見えになる、というので、イブは子供を洗い始めましたが、あまり大勢でしたので、よごれたままの子供は隠しておきました。神さまは思っていたより少なかったので、これで全部か、とイブに尋ねました。はい、全部です。しかし神さまは、そのウソを見抜いていましたので、よろしい、私の前に姿をあらわさなかった子供は妖精（fairies, govetter, halderなど種々の名称あり）となって、人間を見ることもできず、人間からも見えない生き物となって、放浪するがよい、と言いました。

　ノラルダは、ある日ふしぎなツボ（jar）を見つけました。フタを開けてみると、香りのよい、白いクリームが入っていました。ちょうどそのとき、蚊（かmosquito）が一匹、香りにつられてブーンと飛んできて、クリームをまとい、そのしずくがノラルダの目にふりかかりました。目をこすると、目の前に、いままでに見たこともない風景が広がっていました。こうして、ノラルダは、人間の視力を獲得したのです。

　2年後、弟が生まれました。3か月の赤ちゃんが、テントの中で寝ていると、人間の二人の女性が、赤ちゃんを持ち去ろうとしました。ノラルダは急いで追いかけました。妖精は人間よりもずっと足が早く、赤ちゃんを取り戻すことができました。

ハイジの村 （Heidi's village）

　山梨県韮崎（にらさき）に「ハイジの村」がある。中央線で、新宿駅から特急で1時間40分、韮崎駅で下車して、バスで30分のところにある。スイスのハイジ村を模倣したバラ園で、3000種のバラが咲いている。マイエンフェルト駅発のオモチャのような機関車3両が園内を走っている。

　ハイジとおじいさんが暮らした山小屋（Heidialp）もある。その1階は、おじいさんのチーズ作りの部屋で、ハイジがおじいさんと食事をしたところである。2階には、ハイジが寝たワラのベッドもある。ハイジが毎朝、「小鳥さん、おはよう」と言った窓もある。ここでフランクフルトのクララは車椅子生活から健康を回復して歩けるようになった。ハイジの村の入り口に、クララ館という宿泊ホテルと温泉がある。

ハイジの山小屋（Heidialp）背後にモミの木が3本立っている。

ハコネスク（Hakonesque）

　1990年ごろ、新宿から小田原まで走っていた小田急線の壁に載っていた広告文で、「箱根風に」の意味である。-esqueの例：picturesque絵のような、Arabesqueアラベスク（バレー、唐草模様の）、Romanesqueロマネスク建築様式。

　その広告に「好きです」と言えずに「おいしいね」とつぶやいたワインで懐石料理（tea-ceremony dishes）があった。

　このころ、岩手大学の比較言語学集中講義や、東京家政大学の言語学概論でスペイン語入門を教えていた。

　教科書は熊谷明子『初級スペイン語』（駿河台出版社、1977, 720円、1982, 5版1100円、1993, 11刷1200円）であった。この本は85頁で、語彙があり、これは初学者にも、学生にも、この上なく親切。Ｐの項目が全部抜けていたので、その43語を著者に連絡した（1993）。

　上記の「好きです、と言えずに、おいしいね、とつぶやいたワインで懐石料理」をスペイン語に訳すとNo pudiendo decir "te quiero", dije en voz baja, comiendo platos de fiesta con vino.［注］no 'not'；pudiendo 'poder'（できる）の現在分詞；decir「言うto say」；te quiero（テ・キエロ）'I love you'；dije（ディーヘ）'I said'；en voz baja（エン・ボス・バハ）低い声で；comiendo（コミエンド）食べながら（comerコメール、食べる、の現在分詞）；platos「皿」；fiesta（フィエスタ）お祭り；platos de fiesta懐石料理；con vino（コン・ビーノ）ワインと。

はだかの王さま（アンデルセン童話、1837）

　原題は王様の新しい服（The Emperor's new clothes）です。むかし、新しい服が好きな王さまがいました。1時間に1回は着替えをするのです。普通の王さまは会議で忙しいのですが、この王さまは着替えで忙しいのです。

　ある日、二人の男がこの町にやって来ました。「わたしたちは、世界一の洋服屋です。ふしぎな洋服で、心のわるい人や、役目にふさわしくない人には、見えないのです」。王さまは、このうわさを聞いて、早速、洋服屋を呼び寄せて、そのめずらしい洋服を注文しました。しばらくして、大臣に仕事の進み具合を見にやりました。大臣が仕事場に行くと、機織り機が「トンカラリ、トンカラリ」と鳴っていますが、布が全然見えません。これは大変だ、自分は大臣にふさわしくないのか。そこで大臣は「美しい布ですね」とごまかして、お城に帰り王さまに報告しました。男たちは完成した衣装を王さまに持参しました。

　ところが、王さまにも、やはり、何も見えません。これは困った。自分は王さまにふさわしくないのかな。それで、ごまかして、「うん、見事な衣装だ」と言いました。お城の人は、みな、美しい、とほめました。ちょうどその日はお祭りでしたので、ペテン師の洋服屋は、新しい衣装を、さも本物の衣装のように、王さまに着せました。そして王さまは町を歩きました。本当は、王さまは、パンツ一つで歩いていたのです。そのとき、小さな子供が叫びました。「あれ、王さまは、はだかだよ、パンツだけだよ！」。しかし王さまは威風堂々と歩き続けました。

　［はだかと叫んだ少年はアンデルセン自身だと伝えられる］

はなことば（花言葉）

（language of flowers, Blumensymbolik, langage des fleurs）サク
ラ（cherry blossom）は精神の美をあらわし、日本人の品格
をあらわす。花言葉はギリシア時代からあり、myrtle（ツル
ニチニチソウ）はビーナス（Venus）の神花とされたので、
その花言葉は「愛」（love）となった。アダムとイブの神話
からリンゴ（apple）は誘惑（temptation）を意味する。例を
少しあげる。以下は高瀬省三の「花ことば」による（福原麟
太郎編『新スクール英和辞典』研究社, 1966, p.1826-1829；
この辞書は数百万部売れた）。

1. acacia アカシア：友情 friendship, 精神的な愛
2. anemone アネモネ：病気 sickness, 期待
3. apple リンゴ：誘惑 temptation
4. cherry-blossom サクラの花：精神的な愛
5. gentian リンドウ：あなたが悲しいとき私はあなたを愛し
ます I love you best when you are sad. 英語 gentian はイリュリ
ア（バルカン半島）の王 Genthios（紀元前 170）
6. heath ヒース：孤独 solitude
7. laurel 月桂樹：栄光 glory
8. lily of the valley スズラン（1999 NHK 朝のドラマ）：幸福
の再来 return of happiness
9. narcissus スイセン：エゴイズム（ギリシア神話の美少年。
ナルキッソスは慕い寄るニンフたちには目もくれず、水に
映った自分を見つめたまま水仙スイセンになってしまった）
10. rose, red 赤いバラ：愛 love

はな（花）の中三トリオ

　1973年、オーディション番組「スター誕生」で歌謡界にデビューした中学3年生の森昌子、桜田淳子、山口百恵。スター誕生のプロデューサー池田文雄が「花の中三トリオ」と命名して売り出した。それ以前、美空ひばり、江利チエミ、雪村いづみの「三人娘」があった。森昌子以下の三人は、高校卒業の1977年3月にトリオ解散になった。

　安倍晋三（1954-2022）が奈良市で選挙演説中、銃撃され亡くなった。犯人（41歳）は安倍さんが旧統一教会と関係しているから、がその理由だそうだが、それは、ほとんど、関係がない。それよりも、自分の母親が、教会に多額の寄付をしたために、生活が苦しくなった、というのだから、母親に直接、「もう、やめろよ」と言いうか、送金できないように銀行と相談すればよいのに、無関係の重要人物を殺すとは、なんという、いいがかりだろう。

　安倍さんの急死が世界に伝えられ、インドのモディ首相は、長年の友人の悲劇的な死を聞いて、翌日の2022年7月9日をインド全土の休日にした。統一教会が話題になり、その合同結婚式に、花のトリオといわれた桜田淳子が出席したことがあったことから、ひさしぶりに話題に取り上げられた。しかし、桜田は、それとは関係なく、結婚して、3人の母となり、しあわせな生活を送っている。

パラダイスの園 (その) The Garden of Paradise.

　アンデルセン童話 (1839)。ある国の王子が、たくさん本を持っていました。王子は勤勉で、本には挿絵も入っていたので、楽しく読んでいました。王子はこの世の中の出来事をよく知っていました。ただ、パラダイスの園がどこにあるのかは、どこにも書いてありません。17歳になったとき、王子は、いつものように、一人で森の中に散歩に出かけました。夕方になって、雨が降り出しました。びしょ濡れになって歩いていると、大きな洞穴 (ほらあな) に出ました。そこでは一人の老婆がシカ (deer) の肉を焼いていました。「火にあたって、着物を乾かしなさい」と老女が言いました。この老女は四人の息子の母親だったのです。

　息子は四方に吹く風でした。まもなく北風が帰って来て、スピッツベルゲンの様子を語りました。次に西風が、アメリカの原始林からマホガニーの棒を持ち帰りました。次に南風が、さむい、さむい、と言いながら帰って来て、アフリカのホッテントット人と一緒にライオン狩りをしたことを語りました。

　最後に東風が帰って来ました。「ぼくは中国へ行って来ました。あそこの役人は第一級から第九級までありましたが、みんな鞭 (むち) 打たれていましたよ」と言いながら、おみやげのお茶を出しました。「お前はパラダイスの園に行っていると思っていたよ」と風の母親が言いました。王子が「パラダイスの園を知っているんですか」と東風に尋ねると、「知っているとも、明日、そこへ行くんだ。行きたいなら、連れて行ってあげるよ」と言いました。（続きは次のページ）

パラダイスの園でキッス（kiss in the Paradise）

　王子は、夢がかなう、とばかり、喜びました。アダムとイブがパラダイスから追放されると、パラダイスの園は地の底に沈んでしまったのです。しかし、暖かい日の光と、空気と景色は昔のままなのです。そこにパラダイスの妖精（仙女）が住んでいます。翌朝、王子が目をさますと、もう東風の背中に乗っていました。トルコやヒマラヤを飛び越えると、パラダイスの園への入り口に着きました。その洞穴の中は広い場所や四つん這いになって進むような狭いところもありました。川に出ると、大理石の橋がかかっていました。仙女が二人を迎えました。パラダイスの園にはアダムとイブの姿や、ヘビのからみついている知恵の木もありました。

　パラダイスの園を案内したあと、東風が王子に尋ねました。「きみはここにとどまるかい？」「とどまります」「じゃあ百年後にまたここで会おうね」と言って、東風は帰って行きました。美しい仙女は王子をやさしく手招きして、さらに奥へ案内しました。でも、私に決してキッスをしてはいけませんよ、と注意しました。かぐわしい香りと美しいハープの音が聞こえました。見ると、ベッドで仙女が涙を流しているではありませんか。王子は思わず仙女にキッスをしてしまいました。すると、突然、すさまじい雷がとどろいて、あらゆるものがくずれ落ち、仙女もパラダイスも真っ暗闇の中に沈んでいきました。

　王子は長い間、死んだように横たわっていました。冷たい雨に王子は目をさましました。「ああ、なんということをしてしまったんだ。ぼくはアダムのように罪を犯してしまった」。

はんたい（反対）語〔antonym〕

　日本に来たアメリカの芸人パトリック・ハーラン Patrick Harlan（1970-）はハーバード大学卒のエリート芸人。日本に来て福井県に住み始めた。そこで出合った日本語にたまげた。「なんで？　それおかしくない？」と思うことが多い。「美しい」「つらい」の反対語は「美しくない」「つらくない」と、「くない」をつければいいのに、「きれい」の反対語は「きれいくない」じゃないのは、なぜ？「つまらない」の反対は「つまる」ではだめなの？

「おいしい」→「おいしくない」

「まずい」→「まずくない」

「おもしろい」→「おもしろくない」

「おなかがすいた」→「おなかがすいてない」

「はらへった」→「はらへっていない」

「おなかがいっぱい」→「おなかがいっぱいじゃない」

　何かルールがありますか。

　I'm coming. 行きますよ。

　I'm not coming. 行かないよ。

　I have money. お金はあります。

　I have no money. お金はありません。

　He has a nice house. 彼はすてきな家を持っている。

　He does not have a nice house. 持っていない。

「する」→「しない」（do→do not）

「ある」→「ない」（have→have not, have no）

「死ぬ」「死なない」と「死ぬ」「生きる」（否定と反意語）

ひとつめ（一つ目）、二つ目、三つ目 （グリム童話130）
（One-eye, Two-eyes and Three-eyes）

　三人姉妹がいました。一人は目が一つしかなく、一人は目が二つ、一人は目が三つもありました（三番目の目はひたいにありました）。お母さんの目はいくつか分かりません。一つ目と三つ目は二つ目に意地悪ばかりして、食事も十分に与えません。みんなの残り物しか食べさせてもらえません。

　二つ目はヤギ飼いが仕事なのですが、ある日、親切な婦人がいいことを教えてくれました。ヤギさん、食事を出して、と言うと、出来立ての、おいしい食事が出てきて、ごちそうさま、と言うと、きれいに片付くのです。いつも、家に帰ると、夕食の残り物を食べるのですが、最近、食べないのです。不思議に思った一つ目が、ある日、朝食のあと、二つ目のあとをつけて牧場へ来ましたが、疲れて、眠ってしまいました。翌日、三つ目が、あとをつけて、牧場へ来ました。やはり疲れましたが、三番目の目があいていました。現場を見てしまった彼女は、一つ目と一緒に、そのヤギを殺してしまいました。

　翌日、牧場で泣いていますと、あの親切な婦人が、また現れて、言いました。ヤギの腸（はらわた intestines）を庭に植えてごらんなさい。家に帰って、植えると、美しい木が生えました。そして、黄金のリンゴが実っているではありませんか。一つ目が、木に登って、リンゴを取ろうとすると、枝がしなって、取れません。三つ目も試みましたが、やはり取れません。

　そこに、立派な騎士がやってきて、何をしているんですか、とたずねました。二つ目が木に登ると、リンゴをとるこ

116

とができました。そして、騎士にリンゴを与えました。騎士は感謝して、何をお礼にさしあげましょうか、と言うと、私をお城に連れて行ってください、と言うのです。二つ目は、美しい少女でしたので、お城に連れて行きました。そして、結婚しました。すると、リンゴの木も、いつの間にか、お城に来ていました。

　何年かあとに、二人の女性がお城にやってきて、食べ物をください、と言うのです。見ると、一つ目と三つ目ではありませんか。むかしのいじわるを許してください、と言うのです。二つ目は、かわいそうに思って二人をお城に入れて、お城の片隅に、むかしのように、住まわせてあげました。

騎士は、二つ目の娘を馬に乗せて、お城に向かいました。

びょうき（病気）

病気の段階：未病（病気予備軍）、病気、重病

Degrees of illness：un-ill（not yet ill）, ill, seriously ill

未病：太りすぎ、運動なし、マンネリ生活

病気の和語：からだがよくないこと

からだの病気：頭痛、脳出血、そばかす、しみ、脱毛症、目の病気、近視、遠視、老視、インフルエンザ（influenza, イタリア語で、病原菌が「流れ flu- こむ in-」の意味）、狭心症（angina pectoris）、ガン（cancer；cancer カンケル、ラテン語で「蟹、カニ」の意味：ドイツ語の「ガン」Krebs クレプス、も「カニ」の意味）

こころの病気：不安、ストレス、不眠症、アルコール依存症、ギャンブル依存症、パーソナリティ障害（人格障害）、摂食障害（食欲不振）、うつ病

生活習慣病：不適切な生活習慣から起こる。ガン（の一部）、メタボリックシンドローム（体内で消費されずに、あまった脂肪分からおこる：これは適切な運動により回避される）。日本でメタボリックシンドロームの予備軍は 2000 万人。40 歳以上の男性は 2 人に 1 人、女性は 5 人に 1 人がメタボリックシンドローム。肥満型で、高血圧、高血糖の人は、要注意。

生活習慣を見なおし、バランスのよい食事、運動、勉強、休養のライフスタイルを工夫する。主食、野菜、果物、牛乳、乳製品、炭水化物（コメ、パン、麺類、イモ）、タンパク質（肉、魚、タマゴ、マメ）、脂肪（バター、マヨネーズ）

プーチン（Vladimir Putin, 1952-）

　ロシアとウクライナは1991年までは兄弟だった。1991年にソ連が崩壊し、15の共和国に分かれた。それぞれが、自分の好きなように生きて行けるようになった。ところが、プーチンは2022年2月24日、突然、ウクライナを襲った。名目はウクライナのネオナチをやっつけて、ウクライナを救うというのだ。ウクライナにネオナチはいない。1986年、モスクワに代わって、チェルノブイリの被害を受けた。これ以上、何をウクライナに求める必要があるのか。ゴルバチョフの時代に東西の平和が築かれたのに、プーチンが、あのような残虐な行為を始めた。一刻も早く、自分の非を認め、ウクライナをぶっこわした全土をモスクワの費用で、2022年2月24日以前の状態に戻せよな。それが完成したら、いさぎよく、大統領をやめろよな。そしてナワリヌイを解放しろよな。2036年まで大統領を続けられるという自分だけの法律を作りやがって。

　ラブロフ外務大臣はエリツィン時代からのフルダヌキだが、そいつも調子にのってプーチンにくっついている。ニューヨークの国連会議場で、議長が、これからロシアの非難を行います。聞きたくなかったら退場して結構です、と言ったら、ロシアの国連代表は、退場してしまった。

　先日、詩人の谷川俊太郎が90歳を迎えたとき、NHKのインタビューに応じた。「ウクライナをどう思うか」という質問に対して「わからない」と答えた。ウクライナは、毎日、毎時間、テレビやラジオで放送しているのに。谷川俊太郎はボンクラか、詩人は別世界の人間か、と思った。

ふしぎな胡弓（strange fiddle）ベトナム民話。

　二人の友だちが「にいさん」「おとうと」と呼び合って、仲よく暮らしていました。ある日、大きな鳥が人間らしい獲物をつかんで、空を飛んでいます。鳥は、洞穴に獲物を隠すと、空に飛んでいってしまいました。二人は洞穴に駆け寄って、中をのぞきこみました。兄さん、このつなを持っていてよ。弟は、つなを伝わって下に降りました。すると、お姫さまが、気を失って倒れていました。お姫さまをつなのところまで運んで、上に合図すると、兄がつなを引き揚げて、お姫さまを発見すると、弟を、そのまま見捨てて、お姫さまをお城に運びました。兄はお姫さまの発見者として、お城の大臣に雇われました。弟は、洞穴をどこまでも進んで行くと、水の国の王子に出会いました。水の国の王さまは、弟を歓迎して、胡弓（こきゅう）というバイオリンのような楽器をくれました。

　弟は、胡弓を弾きながら、都に旅しました。胡弓は、都のすみずみまで、鳴り響き、人々の心をなぐさめました。お城の大臣になった兄は、とっくに死んだと思っていた弟が生きていたのでビックリ！　そこで、あの胡弓ひきは、敵のスパイです、と王さまに進言しました。胡弓の音楽は、お城に住んでいたお姫さまにもとどきました。そとを見ると、それは助けてくれた、あの少年ではありませんか。お姫さまは、王さまに、あの方がわたくしを助けてくれたのです、と告げました。王さまは少年に感謝して、お姫さまと結婚させ、王位をゆずりました。若い王さまは、お姫さまと一緒に、平和な国を作り、国民に愛されました。［裏切った兄は罰せられなかったのか］

ふゆ（冬）の贈り物（島崎藤村『ふるさと』1920）

　私が村の小学校に通っていたころ、冬の寒い日でしたが、途中で、知らないおばあさんに出会いました。「生徒さん、こんにちは。今日も学校ですか」「はい。あなたは、だれですか」「私は冬（ふゆ）という者ですよ」と言って、青々（あおあお）とした蕗（ふき）の薹（とう）をいっぱいくれました。

　蕗のとう（北原白秋、赤い鳥、1925）［英語は下宮］

蕗のこどものふきのとう。	A butterbur sprout, (5音節)
子が出ろ、子が出ろ、	child of butterbur! (5)
ふきが出ろ。	Come out, lovely sprout. (5)
となりの雪もとけました。	Their snow has melted, (5)
おうちの雪もかがやいた。	Our snow is shining. (5)

　島崎藤村（1872-1943）は長野県の木曽街道の馬籠（まごめ）村に、四男、三女の末の子供として生まれた。9歳のとき、勉学のために東京へ出た。「ふるさと」は雀のおやど、水の話（水の不便なところに住んでいた）、雪は踊りつつある、ふるさとの言葉、青い柿、冬の贈り物、など70話からなっている。「太郎よ、次郎よ、末子よ、お前たちに、父さんの子供のころのお話をしますよ。人はいくつになっても、子供のときに食べたものの味を忘れないように、自分の生まれた土地も忘れないものです。」故郷の馬籠村は、いまでは岐阜県になっていて、中央線新宿駅から特急で塩尻駅まで行き、名古屋方面行きの特急に乗り換え、中津川駅下車、馬籠行きバスで20分。（2021）

フランス語の明晰 （clarté de français）

明晰でないものはフランス語ではない、とフランスの作家リヴァロール（Antoine Rivarol, 1753-1801）が言った。デンマークの言語学者ヴィゴ・ブロンダル Viggo Brøndal （1887-1942,brøn 泉 ,dal 谷）の Le français, langue abstraite（1936 フランス語、抽象的言語）からの引用である。Ce qui n'est pas clair n'est pas français. その理由は 1. 分析的語形；2. 複合語は数個の語で表現される（ドイツ語の逆）。chemin de fer 鉄道：エ railway, ド Eisenbahn；3. 派生語は迂言的（periphrastic）に表現される：thoughtlessly = sans y penser, ド gedankenlos；4. 助辞 mots-outils の発達がいちじるしく、代動詞 faire （'to do'）は他のすべての動詞に代わることができる voyager=faire un voyage. しかし、英語も make a trip、ドイツ語 eine Reise machen, スペイン語 hacer un viaje, ラテン語 iter facio という。フランス語が明晰なのではなく、フランス精神が明晰なのだ。言語の問題ではなく、言語外的 aussersprachlich. 思想的問題である。denkliche, persönliche Denkart.

ブロンダルは 20 世紀前半に欧米に鳴り響いたルイ・イェルムスレウ（Louis Hjelmslev, 1899-1965）と並んで、デンマークの、コペンハーゲン学派の主要なメンバーであった。Hjelmslev は従来の言語学（linguistics）と区別するために glossematics（ギリシア語 glôssa「言語」より）と呼んだ。（下宮『言語学I』研究社、1998, p.46-47）

フリーズ（Freeze !）

　1992年3月、アメリカ、ルイジアナでの出来事。イースターのとき、少年、少女たちは、家庭をまわって、チョコレートやお菓子をもらうのが、ならわしだ。日本からの留学生も、そうしているとき、アメリカ人の家庭で、家主が、フリーズ！（凍りつけ！）と言った。それを日本人はプリーズと聞き違えた。で、どうぞ、と言われたので、そのまま進むと、ズドーンとピストルを撃ちやがった。そして、死んでしまった。ストップ！と言ったら、わかったのに。フリーズなんて、脱獄囚でもあるまいし。バカなアメリカ人め。

　アメリカ人は、身を守るために、と称して、18歳になると、ピストルを所持することを許される。バイデン大統領は、在任中に、ピストル所持を、もっと厳禁してほしい。18歳のアメリカの少年が、理由もなしに、小学校に押し入り、小学生を撃ちまくる。ライフル銃協会の会長だった俳優のチャールトン・ヘストンが、そのトップに立っていた。

　2022年7月8日、安倍晋三もと首相が、7月10日の選挙応援のために、奈良市で選挙演説に訪れたとき、日本人（41歳）が、さしたる理由もなしに、ズドーンと一発やった。そして、その日の夕刻、安倍さんは亡くなった（出血死）。アメリカ人が、それを見て、アメリカではめずらしくないが、ピストル所持の規制がやかましい日本で、こんなことが起こるとは、めずらしい、と言った。安倍さんのときは、インドのモディ首相が、長い間の友人を失った、とて、その翌日、2022年7月9日を、喪の日として、インド全土を休日にした。

ブルー・トレーン（Blue train）

はフランスにもあります。ブルー・トレーンは13回停まりますLe train bleu s'arrête treize fois（パリ、アシェットHachette, 1976, 45頁）。モナコ、ニース、マルセーユ、アビニョン、リヨン、ディジョンを通ってパリが終点です。駅は11個です。この本は、なぜか、発駅のモナコではなく、途中のツーロン（Toulon, マルセーユの一つ手前）から始まっています。「ツーロン、ツーロン、停車時間は1時間10分」と駅長がメガホンで叫んでいます。いま時間は6:00。発車は7:10です。乗客たちは降りて、親せきや友人に電話します。そのあと、駅のコーヒー店に入ります。

アビニョン（Avignon）はローヌ川（Le Rhône＜ラテン語Rhodanum）にかかる橋「アビニョンの橋の上で」の童謡で知られています。Avignonの語源はab「水」、-onは「大きい」。

サン・ベネゼ橋（Pont Saint-Bénézet）は「橋の上で輪になって踊ろう」と歌われています。

アビニョンの橋（Pont d'Avignon）

ぶんぽう（文法）の変化 （change in grammar）

　日本語は「鳥啼く」のように、主語の助詞はつけなかったが、いまは「鳥が啼く」のように主語の「が」や「は」をつけるようになった（矢崎源九郎『シリーズ、私の講義』大門出版、1967, p.87)。この「啼く」もむずかしい漢字なので、いまは「鳴く」を使う。

　英語 beautifully（美しく）は beautiful（美しい）に -ly がついたものだが、この -ly は、もと like と同じ単語で「…に似た、…の方法で」の意味だった。hardly は hard（固い）から「ほとんど…ない」の意味になった。he works hard（彼は一生懸命働く）が he hardly works（彼はほとんど働かない）になる。単語が文法的要素になるのは、ラテン語 librā mente（リブラー・メンテ）「自由な心をもって」がフランス語 libre-ment リーブルマン「自由に」になるのと同じである。fair は fair play, My fair lady のように「美しい」の意味だったが、いま「美しい」はフランス語からきた beautiful を用いる。beauti-ful は「美に満ちた」の意味で、語源的にはフランス語＋英語である。full は接尾辞になって -ful と短くなってしまった。このように、「フランス語＋英語」の材料からなる単語を混種語（hybrid word）という。健康的（健康のために）には「健康」も「的」も漢語だが、和語で言ったら「からだをよくするためには」と長くなる。「美に満ちた」も「うつくしさがあふれるほどの」となる。ハイブリッドがガソリン用語として日本語に定着するよりも、ずっと前から、文法用語として用いられていた。

ほいん（母音）変化（vowel change）

　英語 sing, sang, sung（現在、過去、過去分詞）の母音変化をドイツ語では Ablaut（アプラウト）という。ドイツの言語学者ヤーコプ・グリム（Jacob Grimm,1785-1863）が『ドイツ語文法 Deutsche Grammatik』（1819）の中で用いた。このような動詞を strong verbs（強変化動詞）と呼ぶ。これに対して love, love-d, love-d のような規則動詞を weak verbs（弱変化動詞）という。

　このような母音変化は、名詞と動詞の間にも見られる。

see（見る）→ sight（見ること、景色）eye-sight 視力

drive（運転する）→ drift 流れ, snowdrift 雪だまり

choose（選ぶ）→ choice（選択）

write（書く）→ Holy Writ（聖書、神聖な書き物）

abide（滞在する）→ abode（住居）

may（できる）→ might（力、権力）

think（考える）→ thought（思考）

feed（食べさせる）＜ food（食べ物）

[feed は food より。古代英語 fōdjan 食べさせる]

bleed（出血する）＜ blood（血）

　[bleed＜古代英語 blōdjan 出血する]

shoot（射撃する）→ shot（射撃）

　動詞と名詞の母音が同じ場合もある。cost（値段が…である；値段）。dream（夢見る；夢）; smell（匂う、におい）; hew（木を切る：木こり）。学習院大学英文科教授の Linda Goodhew 先生の意味は（先祖が）「よい木こり」だった。

126

ほうおん（忘恩）の罰 (ingratitude punished)

　ある日、ハイカラな婦人が買い物をしていた。突然、大雨が降り、街路は水浸しになってしまった。彼女の馬車は大きな広場の向かい側にとめてあった。広場は雨のために湖のようになっていた。馬車の運転手は彼女を迎えに行こうとしたが、馬が水たまりの中を行くのをいやがった。一人の紳士が、彼女の難儀を見て、彼女に近寄り、婦人を腕に抱きかかえ、広場を渡り、彼女を馬車のドアのステップに無事におろした。婦人は驚きから正気に戻ると、振り向いて紳士に向かって言った。「失礼な人ね！」

　紳士は一言も言わず、彼女を再び腕にかかえて、水たまりを渡り、彼女がもといた場所におろした。そして、帽子を脱ぎ、うやうやしくお辞儀をして、立ち去った。

　出典はデンマーク人のための『大人のための英語読本』Ida Thagaard Jensen and Niels Haislund（イダ・タゴール・イェンセン、ニルス・ハイスロン）著 Engelsk for voksne. 20版、コペンハーゲン1958. 面白い話がたくさん入っている。著者の一人ニルス・ハイスロン（1909-1969）はコペンハーゲン大学教授オットー・イェスペルセン Otto Jespersen（1860-1943）の秘書を15年間つとめ、師の遺稿『英文法』第7巻（Syntax, 統辞論）を出版した（1949）。イェスペルセンはコペンハーゲン大学の英語学教授。言語の進歩（1894）、言語（1922）、文法の哲学（1924, 半田一郎訳『文法の原理』岩波書店1958）、近代英文法、全7巻。英語の成長と構造（1905）は教科書として用いられた。

ほうろうき（放浪記）（1）林芙美子作の小説（1930）

　林芙美子（1903-1951）の伝記である。

　私にはふるさとがない。父は四国の伊予（いよ）の出身で、行商人だった。母は九州の桜島の温泉宿の娘だった。私の母は8歳の私を連れて木賃宿暮らしをした。小学校は7回もかわった。小学校を卒業せずに、母と一緒に行商生活をした。おとなになって、東京に出た私は、女中をしたり、道玄坂の露店で働いたり、オモチャ工場の女工をしながら、文学書を読み、童話を書いたりした。時事新聞に投稿して、初めて原稿料をもらった。

　『放浪記』は日記の形で書かれている。作品の中では小学校も卒業できなかった、とあるが、実際には、苦学しながら、尾道市立女学校を卒業。生活のために、一人で上京し、いろいろな職業を転々としながら、『放浪記』を書き始めた。1927年、手塚緑敏（りょくびん）という画学生と結婚。東京の本郷肴（さかな）町の南天堂書店の二階のレストランにたむろしていた詩人萩原朔太郎、壷井繁治らと知り合った。1926年、東京本郷3丁目の大黒屋という酒屋の二階に間借りしていた平林たい子と同居し、女給となって働きながら、創作のために語り合った。1928年、『女人芸術』に「秋が来たんだ──副題：放浪記」の連載を始めた。大正末期から昭和初年にかけて、都会の消費生活や時代の風潮を描いたものである。『放浪記』は「新鋭文学叢書」の1冊として改造社から出版され、ベストセラーになった。その印税で満州、中国を旅行した。ほかに『浮雲』（1951）、『清貧の書』（1933）がある。その後、シベリア経由でヨーロッパに遊んだが、1951年、心臓麻痺で急死した。

ほうろうき（放浪記）(2) 林芙美子著の映画・演劇

林芙美子（1903-1951）の自伝。菊田一夫脚本、森光子主演（1961）の舞台。2009年まで2017回も上演された。森光子のでんぐり返しが有名。映画は1954年、東映製作所、夏川静江が主演した。1962年、東宝30周年、菊田一夫の戯曲『放浪記』をもとに、林芙美子を高峰秀子が演じ、芙美子の母親を田中絹代が演じた。

更け行く秋の夜、旅の空の、わびしき思いに、一人悩む、恋しや故郷、懐かし父母。While travelling under a darkening autumn sky, alone in lonesome memories, I long for home, remembering my dear parents. 林芙美子は幼いときから親の都合で、各地を転々としていた。故郷というものがない。旅がふるさとであった。親の都合で転校ばかりさせられた。小学校を中退し、12歳のとき、母親と一緒に行商に出た She worked with her mother as a peddlar. 父親は九州から母親に金を無心に来るような男であった。林芙美子は上京して、家政婦、工場労働者、飲食店の店員、露天商（stall keeper）など、さまざまな仕事をし、恋愛もしたが、長続きはしなかった。

浮き草（floating grass）のような人生を送りながら、本を読み、日記を書き、詩を作った。そのような時間が、人間らしい生活だった。芙美子は詩人、作家として、原稿料が得られるようになった。しかし貧苦は続いた（continued to live a life of poverty）。彼女の一生は流浪の人生だった（life of a drifter）。

ボーっとしてんじゃねえよ

（Don't sleep through life.）

　1日24時間の間、食事、労働、睡眠以外に、ボーっとしている時間は、かなりある。忙しい作家だって、材料を思案している間にも、ぼんやりしている時間はあるはずだ。

バスルームにつかって、ぼんやりしているとき。

食事のあと、テレビを前に、見るでもなく、ぼんやり。

散歩のとき、ステッキをついて、ぼんやりしているとき。

交差点で、待っているとき。

　これは、やむをえないが、忍耐が必要だ。

夜、フトンの中で、ラジオをつけながら、聞くでもなく、寝入るまでボンヤリ。

買い物で、レジが混んでいるとき。

　これも、やむをえない。

友人から手紙が来た。

　返事を書くべきか、書いたほうがよい、いや、どうかな。

彼から、しばらく、音信がない。

　書くべきか、もしかしたら、相手は書くことができない状態かも。

　もっと食べたいが、やめとこうか。

　冷蔵庫にすきまができた。47センチ×47センチのミニ版。この中に牛乳、ビール、オカズ、が入っている。肉は買ったら、すぐ火をとおして、オカズ入れに入れておく。シャケは焼いて冷蔵庫に入れておく。あ、野菜を買わねば。

ほし（星）の王子さま（The Little Prince, 1943）

　サン・テグジュペリ（Antoine de Saint-Exupéry, 1900-1944）作の童話。王子さまの住んでいる星はB612という小さな星で、直径50メートル、3階建てのビルぐらいの大きさしかありません。ここに、たった一人で住んでいます。ある日、風に乗って、小さなタネが舞い降りました。バラのタネでした。美しいバラの花が誕生しました。「きれいだね」「だって、わたしは朝のひかりの中から生まれたんですもの」王子さまは、バラと仲よくなりたかったのですが、このバラは、とても、わがままなバラでした。王子さまには、星から星へ渡り飛んでいるバードというお友だちがありました。

「美しいバラさん、ぼくはきみと仲よくなりたかった。ぼくは、心から話し合えるお友だちを求めて、緑の星、地球に行くよ。お別れだね。元気でね。」バードは、仲間の鳥たちと、星の王子さまを流れ星が通るところまで連れて行きました。そこから流れ星に乗って、地球に降り立ちました。着いたところは砂漠でした。そこで、飛行機が不時着した飛行士に出会いました。地球でお友だちになった、最初の人でした。それからヘビに出会いました。「なぜ地球になんか来たんだい?」「お友だちを作るためにだよ」「よせよせ、人間なんて、やばんなやつ」

　砂漠を歩いていると、ついに、緑の野原に来た。いろいろな鳥やけものや、バラや、そのほか、たくさんの花、果物、があふれている。バラは、何千本もあったが、みな自分で咲いている。「美しいものは、目には見えない。心で見なければならない」は著者サン・テグジュペリの言葉である。

131

ホタル（火垂る）の墓（野坂昭如作、映画）1988

Grave of the fireflies. 野坂昭如（1930-2015）は作家、作詞家。1945年8月、戦後の悲惨な生活を描いた。兄と妹が終戦を迎えたが、二人とも栄養失調のため死んだ。

兄（清大セイタ）14歳と妹（節子）4歳は父（海軍軍人）と母と神戸にしあわせに暮らしていたが、1945年8月の空襲で母は大やけどで亡くなり、父も戦争で死んだ。兄と妹は親せきの家に住んでいたが、食料事情の悪化のため、居づらくなり、兄と妹は川のほとりの洞穴で生活した。兄は七輪（土製のコンロ）、ナベの調理道具を購入して気兼ねのない生活を送っていた。

しかし、食料難のため、近所の畑からサツマイモやトマトを盗んで、食べていた。妹・節子が病弱のため、医者に診てもらうと、栄養失調なので、滋養のあるものを食べなさい、と言われたが、そんなものを買うお金がない。節子は、大好きなサクマドロップを大事にして、一粒、一粒食べていたが、ついに無くなった。代わりに、節子はオハジキを入れて、食べようとした。兄は、そんなもの食べちゃだめだよ、とたしなめた。ある夜、スイカを盗んで食べようとしたが、節子は、ついに、食べる力さえも失い、終戦の1週間後に死んだ。兄は梱（こうり）に節子の死体とドロップのカンを丘のふもとで焼いた。

最後に残った貯金通帳でお金をおろそうとしたとき、日本は戦争に負けたことを知った。終戦後、疎開していた家族が川の向かい側の家に戻って来て、レコードをかけていた。

兄も、お金が尽きて、ついに、三の宮駅の地下道で飢え死にしてしまった。地下道には死体がゴロゴロしていた。

まくらのそうし（枕草子）The Pillow Book（1002）

清少納言 Sei Shōnagon（ca.966-ca.1025）の随筆。

春はあけぼの（が一番よい）

夏は夜

秋は夕暮れ

In spring, the dawn is the most beautiful.

In summer, the night.

In autumn, the evening.

清少納言（せい・しょうなごん）は歌人・清原元輔（きよはら・もとすけ）の娘で、一条天皇の中宮に10年仕えた。この宮廷生活での見聞や体験を綴った。内容は三つに分けられる。

1. 「虫」「美しきもの」などテーマについて、
2. 宮廷生活、
3. 自然や日々の生活について。

清少納言の「清」は天武天皇を祖先とする清原真人の出身で、「少納言」は宮仕えのときの称呼。橘則光（たちばなののりみつ）と結婚。『小倉百人一首』に「夜をこめて鳥のそらねははかるともよに逢坂（おうさか）の関はゆるさじ」（Although I paid attention to the first cry of the cock, I could not meet my love）がある。

まずしい（貧しい）大統領（poor president）

　世界一貧しい大統領（the poorest president）で有名になったのは南米ウルグアイの大統領ホセ・ムヒカ José Múgica（在任2010-2015）。公邸（国の邸宅）には住まず、車を持たず、自宅で、妻とイヌと一緒に暮らした。自宅の農場で、質素な生活をした。日本にも来た。

　これと逆なのが、ブラジルの大統領ボルソナロ、67歳。妻は副大統領、子供たちはみな政府の要職についている。国を私物化している。大統領再選は投票率80%とあるが、80%は棄権率なのだ。投票に行っても、無駄だから。

　ワンマン大統領が2022年の最もふらちな（unpardonable）大統領プーチン（1952年生まれ）。なんらの大義名分もなく、兄弟国ウクライナに攻め入り、メチャクチャに破壊した。ネオナチをやっつけるために、と称して。ウクライナにネオナチなど、いない。1991年、ソ連は解体し、15の共和国は、それぞれ、自分の好むように生きて行くことができるようになった。西側に入りたいと望んだだけだ。ウクライナ大統領ゼレンスキーは、夫妻で2019年、日本を訪れ、東京の小学校の給食を見学した。プーチンは2036年まで大統領をつとめることができるという法律を作った。最初はメドベージェフと4年ごとに首相と大統領を交換していたが、いつの間にかメドベージェフは姿を消してしまった。情報統制を敷いて、批判を隠している。側近の外務大臣のラブロフは、イェリツィン時代からの、ふるダヌキで、プーチンの片棒を担っている。プーチンの欠点は、まわりに、イエスマンしかいないことだ。

まめ（豆）つぶころころ

　日本の中国地方の昔ばなしです。じいとばあが暮らしていました。ある日、ばあが、うちの中を掃除していると、豆つぶがひとつぶ、コロ、コロッと、ころがってきて、カマドの中にコロリンと落ちてしまいました。「じいさん、たいへんだ、豆つぶが、ひとつ、カマドの中に落ちてしもうた」。じいさんは、それはもったいないことをしたと、カマドの中をのぞきますと、豆がひとつぶ、ころがっていました。下におりてみると、地下は、大きな洞穴になっていました。お地蔵さんが立っていたので、尋ねると、「すまないなあ、おれが食べてしまった」と言うのです。そのかわり、いいことを教えてくれました。「このおくの、赤いしょうじの家をたずねるがよい」。そこはネズミの家で、ちょうど結婚式のためにお餅をついているところでした。おじいさんが、それを手伝ってやると、ネズミたちは大喜び。それが済んで、なおも洞穴を進んで行くと、鬼たちがバクチをやっていました。お地蔵さんが忠告してくれたので、「コケコッコー」と叫びました。すると、鬼どもは「もう朝か」と金の大判、小判をそのままにして、逃げてしまいました。おじいさんは、その金貨を背負って、家に帰りました。

　となりのばあさんが訪ねて来て、金貨を見てびっくり仰天。ことの顛末を話すと、よくばりばあさんは、さっそく、それをじいさんに語りました。じいさんは、たくさん豆を地下に落として、洞穴の中を入って行きました。鬼どもが、バクチをしています。早速、コケコッコーをしますと、鬼どもが、こんどはだまされぬぞ、とじいさんを散々なぐりつけました。

みにくいアヒルの子 （アンデルセン童話、1843）

The Ugly Duckling. みにくいアヒルの子は、成長して美し
い白鳥になりました。これは貧しい家庭に育ったが、成長し
て立派な詩人になったアンデルセン自身の物語です。

暑い夏の日、アヒルのお母さんが巣の中でタマゴを温めて
いました。そのうちにタマゴが割れて、ピヨピヨと鳴きだし
ました。次から次に、かわいい頭を出しました。ピヨピヨた
ちは、あたりを見まわして「世界は広いなあ」と口々に言い
ました。お母さんが説明しました。「世界はね、この庭の
ずっと向こうの、牧師さまの畑まで広がっているんだよ」。
タマゴはみな無事に割れて、ヒヨコが誕生しましたが、まだ
一つ、大きいのが残っていました。

やっと、その大きなタマゴも割れて、みにくい子が出てき
ました。兄弟のヒヨコが寄ってきて、みにくい子、あっちへ
行けと、いじめられ、ほかの鳥やイヌやネコにもいじめられ
ました。冬になると、とても寒くて、外にはいられません。
一軒の百姓家にたどり着いて、入り口のすきまから中へ入っ
て行きました。ここには、おばあさんがたったひとり、ネコ
とニワトリと一緒に住んでいました。

春が来て、暖かくなったので、アヒルは外に出ました。池
に美しい白鳥が三羽泳いでいました。子供たちが叫びまし
た。「アッ、新しい白鳥がいるよ！」そうです。みにくいア
ヒルの子は美しい白鳥に成長していたのです。

白鳥のタマゴなら、アヒルの巣に生まれても、成長して、
白鳥になる、というお話です。

ヤナギとブドウの木 〔il salice e la vite〕

　柳の木の下にひとつぶのブドウの種が落ちました。ブドウは芽を出しましたが、柵がないので、ツルが伸び始めたときに、柳が一番低い枝をブドウのツルに差し伸べました。ブドウは、すくすく育つことができました。ブドウは5本のツルに分かれ、柳の枝にからみつきました。柳がブドウの木に言いました。「ぼくたち結婚しない？」仲間の柳は、身分が違うじゃないか、やめろ、やめろ、と反対しましたが、柳とブドウは結婚しました。そして、冬の寒い間、柳はブドウのツルをくるんでやりました。ブドウは春になると、小さな実が熟し始め、秋になると、おいしいブドウの実がなりました。そして、道行く人たちに食べてもらい、喜ばれました。

　「柳」のイタリア語il sàlice（イル・サリチェ）は男性名詞、「ブドウ」のイタリア語la vite（ラ・ヴィーテ）は女性名詞です。レオナルド・ダ・ヴィンチ（1452-1519）は『童話と伝説』（Fàvole e leggende ファヴォレ・エ・レッジェンデ）を書いていて、日本語訳が裾分一弘監修（小学館、2019）として出ています。その原作では、お百姓さんたちが、柳の木を見て、この木が大きくなると、ブドウのツルが引っ張られて、根っこまで引き抜かれてしまうぞ、と柳の木を刈り取ってしまいました。ダ・ヴィンチ（da Vinci）は「ヴィンチ村の出身」の意味で、「モナ・リザ」や「最後の晩餐」の名画で有名です。イタリアのメディチ家（i Mèdici イ・メディチ）は15世紀、フィレンツェの財閥で、芸術家を保護しました。語源は医者（il mèdico イル・メディコ）の複数形です。

ユーラシアのわだち（Eurasisches Geleise, Eurasian track）［わだちは人や馬の通ったあと］

　ユーラシアはヨーロッパとアジアをあわせた広大な地域である。アジアといっても広い。ここでは、インド・ヨーロッパ民族（Indo-European peoples）とその周辺地域の意味である。英語でいえば、Indo-European and Peri-Indo-European となる（períはギリシア語で「周辺に」）。「わだち」というのは、人や馬が通ったあと（英語track）の意味である。具体的に言うとインド・ヨーロッパ地域と、その周辺にあるバスク・コーカサス、ロシア、シベリアの大地、スカンジナビア半島にあるフィンランドを指す。フィンランドはスウェーデンやノルウェーと系統が異なり、ウラル系である。ウラル山脈がヨーロッパとアジアを分けている。

　このドイツ語 Eurasisches Geleise（オイラージッシェス・ゲライゼ）を初めて用いたのは、ドイツの言語学者グンター・イプセン Gunther Ipsen だった（1924）。小アジア（Asia Minor）と地中海周辺は温暖だった。メソポタミアはチグリス川とユーフラテス川の中間地帯（meso「中間」、potamós「川」）で農作物が豊富だった。人類の繁栄のためには、十分な食料と、戦争がないことが必要だ。

　ユーラシアのわだち、は、このメソポタミアを中心に古代オリエント文明が誕生した。前4千年紀（前3000年代）に、まずシュメール人がティグリス、エウフラテス両方の河の流域の最南部に定着し、世界最古の都市を建設した。都市成立には豊富な食料が必要だ。ここはムギも魚も豊富だった。

ようせい（妖精）の起源（origin of fairies）

　むかしむかし、アダムとイブに子供が大勢いました。神さまは自分が作った人間がどうしているか、その間にできた子供たちはどうなったかと思って、彼らを訪問することになりました。イブは、自分たちの生みの親である神さまがお出でになるというので、子供たちをきれいにしてから見せようと思いました。それで、子供たちを呼んで、洗い始めたのですが、あまり大勢いたので、洗い終わらないうちに、約束の日が来てしまいました。で、イブは、きたないままの子供は、隠しておきました。神さまはアダムとイブと健康そうな子供たちを見て喜びましたが、考えていたほど、子供が多くありませんでしたので、イブにたずねました。

「子供は、これで全部かね？」「はい」

　しかし、神さまはイブのウソを見抜いていましたので、たいへん怒って、こう言いました。

「よろしい、私の前に姿をあらわさなかった者は、すべての人間の目に見えないままでいるがよい。その子孫は地上をさまよい、目に見えない存在になるがよい。」

　こういうわけで、あのとき、神さまの前に姿をあらわさなかった子供の子孫は、妖精となって、深い森や岩の間に生きています。

　妖精は、複数形でfairies, govetter, halderと、いろいろの名で呼ばれています。これは北欧に広く伝播しており、ラップランドのノラルダという少女は、ある偶然から妖精の姿を見る力を授かりました。ノラルダの項（107頁）をご覧ください。

ライオンとウサギ （The lion and the rabbit）

　インドの森の中にライオンが住んでいました。森のけもの
を片っ端から食べてしまうので、けものたちは相談しました。ライオンのところへ行って、こう申しました。「これから、私たちは必ず毎日一匹ずつ、あなたのところへ食べられに行きますから、いままでのようにしないでください」と言いました。それからは、毎日、必ず、一匹ずつ食べられに行きましたので、その間、ほかの者は、安心して森の中を歩きまわることができるようになりました。ある日、順番で、一匹の子ウサギがライオンに食べられるために行くことになりました。

　途中に井戸がありました。上から覗くと、底に自分の姿が映っています。そこで、子ウサギはうまいことを考えつきました。ライオンのところへ行きますと、「遅いじゃないか」と怒鳴りました。実は、ここに来る途中に井戸がありまして、その中を覗くと、一匹の大きなライオンがいるのです。そして、こう言うのです。いま森で威張っているライオンはけしからん奴だ。あいつが、この森の王だなんて、生意気だ。力くらべで森の王を決めるから、そいつを呼んで来い、と言うのです。

　ライオンがその井戸へやってきますと、中に、たしかにライオンが見えます。ウォー、と叫ぶと、相手もウォー、と叫び返しました。なにを、こしゃくな、とばかり、ライオンが井戸の中に飛び込みました。そして、死んでしまいました。

　子ウサギは森に帰って、事の次第を動物たちに報告しました。動物たちは、子ウサギの知恵をほめました。（高倉輝
『インド童話集』ARS, 1929)

ライト、ジョセフ（Joseph Wright, 1855-1930）

　オックスフォード大学・比較言語学（comparative philology）教授。立志伝中の人で、幼いときから製紙工場で働き、15歳のときに初めて文字を独習。1876, 1882年、Heidelberg大学で印欧言語学を受講、1885年、ギリシア語音韻の研究でDr.phil.を得て、1891年Oxford大学比較言語学教授。印欧語比較文法入門、中世高地ドイツ語入門、古代高地ドイツ語入門、ゴート語入門などの著書あり。英語方言辞典（English Dialect Dictionary）は全6巻5400頁、見出し語10万、例文50万。その英語方言文法、ギリシア語比較文法（1912, 10 + 384pp. 東海大学原田文庫）。

　ここで原田文庫について紹介しておきたい。原田哲夫氏（1922-1986）は東北大学英文科卒、日本大学歯学部英語教授であったが、その膨大な図書のコレクションを勤務先の大学にではなく、東海大学に寄贈した。私が非常勤先でそれを発見したのは1992年で、その数百冊の貴重本は、印欧語、ゲルマン語、ロマンス語、ヨーロッパ諸語、それらの中世文学、その英訳など、すべて私の興味あるものばかりで、東京大学文学部言語学科にさえないようなものも含まれていた。下宮『言語学I』（英語学文献解題第1巻、研究社、1998）参照。

　夫人となったElizabeth Mary Wright（1863-1958）は1907年以後、夫を助け、または共著で、古代英語、中世英語などを書いた。独立の著書にRustic Speech and Folklore（1913）があり、夫の人生と業績を描いたThe Life of Joseph Wright（2巻、1932）がある。

ライン河畔のボン（Bonn am Rhein）

ボンは小さな町だったので、ライン河畔の（am Rhein）という形容語句が必要だった。1945年、ドイツが第二次世界大戦に敗れ、1949年、ドイツの首都をライン河畔に設置するに際して、小都市が候補にあげられ、ボンが選ばれたのである。ライン河畔にあること、大学があること、ベートーベンの生誕地であること、などがセールスポイントになった。1989年ベルリンの壁が崩壊して、首都はベルリンになった。

ボン中央駅からライン川を渡り、対岸のボン・ボイエル駅（Bonn-Beuel）への橋はケネディ橋（Kennedy-Brücke）と呼ばれる。ボン・ボイエル線はライン川の右岸を走る。

ボンの歴史は古い。西暦50年以前に、ローマの陣営が、ここに、Bonnaの名のもとに設置されたとある。2000年以上も前である。当時は、まだケルト人がライン河畔に居住していた。1965年11月ボン大学のクノープロッホ先生（Prof. Dr.Johann Knobloch, 1919-2010）にボンの意味を尋ねると、Siedlung（居住地、村）ですよ、とおっしゃった。語根は英語のbeと同じで、「人がいるところ」が原義である。ドイツ語の「町」Stadtシュタットは語根*stā "to stand"で、これも「人がいるところ」が原義だった。ウィーンのラテン名 Vindo-bona（ウィンドボナ）はケルト語で「白い町」。「白い町」はセルビアの首都ベオグラードBeo-gradも同じ。

私はボン大学に1965年冬学期から1967年夏学期まで2年間留学する幸運を得た。学生数4万人。日本人留学生も多い。ボン駅のすぐ近くにあり、中庭は公園のようになっている。

ライン川 （The Rhine, Der Rhein, Le Rhin）

　ライン川はアルプスの少女ハイジの故郷マイエンフェルトを流れ、スイス、ドイツを流れ、オランダを通って北海（the North Sea）に流れ込む。その語源は印欧祖語*sreu- スレウ「流れ」である。ギリシア語rhéō レオー「流れる」；pánta rheî パンタ・レイ「万物は流転す」）。英語stream, ドイツ語Strom シュトローム、はs-rの間に「わたり音t」が生じた結果である。わたり音はglide（すべる）という。

　ライン川は古代ローマの詩人に「ヨーロッパの下水道」Kloake Europasと呼ばれた（きたない、の意味）。同じローマの詩人アウソニウス（D.M.Ausonius, 310-395）は、逆に、「いと美しきラインよ」（pulcherrime rhene）と詠っている。

　ライン川は1200年ごろ成立したドイツ英雄叙事詩『ニーベルンゲンの歌』の舞台になっている。このNibelungは霧の国（neblige Unterwelt）の息子（-ung）の意味で、地下の財宝を守っている小人族である。これを英雄ジークフリート（Siegfried）が征伐して、その財宝を引き継ぐ。

　ライン川の左岸、フランクフルトからハンブルクまでヨーロッパ横断特急（Trans-Europa-Express）が走り、ライン川の景勝地になっている。

　ライン河畔のケルンからコーブレンツまでライン遊覧船（Rheinfahrt）が走る。この区間はライン川の最も美しい区間である。ケルンKölnの語源はcolonia（植民地）、Koblenzはラインとモーゼルのconfluentes（合流点）。

ライン川遊覧船 （Rheinfahrt）

ケルンからバーゼルまで（Köln, Frankfurt am Main, Mannheim, Karlsruhe, Strasbourg, Basel）

大人14ユーロ、シニア9.80ユーロ。

ケルンからバーゼルまで5時間。

ライン川よ、おまえを洗ってくれるのは、だれか

Wer wäscht den Rhein?

（ヴェーア・ヴェッシュト・デン・ライン）

ライン川は、よごれている。英国詩人トマス・フッド Thomas Hood（1799-1845）は次のように歌っている。

僧侶とその死体の町ケルンで、殺人的な敷石の町、ケルンで、浮浪者と、女どもと、売春婦の陰謀の町で、私は72ものにおいを数えた。みな、違う、その上、悪臭だ。下水、沼、穴にいるニンフたちよ！ ライン川は、おまえたちの市を洗い、清めているのだ。天の神々よ、教えてください、いったい、だれが、この哀れなライン川を洗ってくれるのか。

だが、ライン川は詩と伝説を生み、ブドウを栽培し、ワインを作り、遊覧船を運び、特急列車ユーロシティの乗客を楽しませる。川は、濁ってはいるが。

ラインの古城 （Old castles along the Rhine）

　神さまは、まだ人々が森の中に住んでいる時代から、現代のことを見通していました。そして、いつか、こんなに美しいお城もなくなり、近代的なビルが建ち並び、人々の心もすさんでしまうのではないかと、心配でたまりません。ちょうと、そのころ、神さまは、イバラ姫が誕生したというニュースを聞いたのです。神さまは、お城に忍び込んで、13枚の金のお皿のうち1枚を抜き取っておきました。あとは、筋書通りです。美しいお城は、深い眠りに落ちました。

　現代のある日、経営学を学んだ青年が、神さまのお告げで「お城に眠るイバラ姫」を救い出しました。そして、彼女と結婚しました。それから、夫婦でそのお城を古城ホテルに改造し、世界中から観光客を呼びました。神さまは、その様子を見て、ホッと胸をなでおろしました。ドイツのライン河畔にある古城ホテルは、現代の観光客の心をなぐさめ続けています。

　上記は1990年度の独語学特別演習（土2時限）を履修した4年生21名の作品を集めた「グリム・メルヘン列車」の中の今井美奈子さん（埼玉県行田市）の作品です。このメルヘン列車は午前11時30分に教室を発車し、13時00分には教室に帰れるようになっています。当時、目白駅の引き込み線（車両庫）に客車が1両眠っていて、昼間はレストランになっていました。21名の昼食代は、ドリンクを入れて31,950円（一人1,300円、半額は引率者負担）です。学生は食事をしながら、自分の発表をしました。

（下宮『目白だより』文芸社、2021, p.41）

ラップランド（Lappland）［絵はデンマーク小学生読本］

p.13のアイスランドでの生活（デンマーク小学生読本）

　ラップランドはノルウェー、スウェーデン、フィンランド、ロシアにまたがる地域で、遊牧民族5万人が住んでいる。

　下の絵はスキーに乗るラップランドの少年だ。冬は学校へ行くにも買いものに行くにも、スキーが乗り物。学校へは、あまり行かない。とても遠いからだ。家で本を読んだり、計算（算数）の練習をする。年に二、三回、先生が勉強しているかどうか見に来る。毎年、三か月は学校の近くに住んで、アイスランドや外国の地理を学ぶ。友達と遊べるので、とても楽しい。

　昼食の時間。ジャガイモ、ヒツジの肉、クリームチーズ（アイスランド語でskyrスキール）。クリームチーズはミルクから作られる。生徒も大人も、大好きだ。

　晩に家族みんながお風呂に入る。となりにベッドがある。お母さんは羊毛をつむぎ、その間、お父さんは、昔の話をしてくれる。この話は歴史の時間に習った。

スキーに乗るラップランドの少年

146

ラップランド人（The Lapps；デンマーク小学生読本）

p.13のデンマーク小学生読本4年生に収められている。

ヨーロッパの北の果てに、ノルウェー、スウェーデン、フィンランド、ロシアにまたがって、サーミ人（samer）と呼ばれる人たちが住んでいる。彼らはノルウェーのフィンマルケン（Finmarken, フィンランドの国境；markは国境, -enは定冠詞）に、スウェーデンのラップランドに住んでいる。スウェーデンのサーミ人はラップ人と呼ばれることがある。

ラップランド人のことばはノルウェー語にもスウェーデン語にも似ていない。フィンランド語に似ている。

ラップランド人の職業は農業、狩猟、トナカイ（reindeer）飼育である。彼らはトナカイから食料を得る。乳をしぼり、ミルクからチーズを作り、肉を食べる。トナカイの皮から外套、上衣、長靴を作る。トナカイは人間の荷物を運ぶ。馬や車のように。トナカイは食糧を、冬は森の中で、夏は野原で得る。

父と子供2人が町へ行き、羊毛を売った代金で
コーヒーや他の食品を購入し、家に帰るところ

ラフカディオ・ハーン（Lafcadio Hearn）

　日本名小泉八雲（1850-1904）はギリシアのレフカダ島Levkada生まれ。イギリスとフランスで教育を受け、アメリカに渡り、新聞記者をしていた。1890年、「ハーパー」誌の通信員として横浜に着いた。1890年8月、鳥取県松江中学校の英語の教師となった。12月、小泉節子と結婚。1891年1月から1894年10月まで熊本の第五高等学校で英語の教師、その後、神戸の英字新聞ジャパンクロニクル（The Japan Chronicle）に就職した。1896年東京帝国大学英文学の講師となり、以後、6年間、毎週12時間の講義をした。1903年、早稲田大学に招かれたが、1904年9月26日、心臓麻痺のために、西大久保の自宅で亡くなった。

　今日、最も広く読まれているのは、Kwaidan（怪談）で、亡くなったあとで出版された。多くは節子夫人が夫のために読み、語ったものを、ハーンが想像の翼をはせ、書き上げたものである。開文社（荻田庄五郎対訳、1950）には、耳なし芳一の話、おしどり、お貞の話、乳母桜、はかりごと、ある鏡と鐘について、食人鬼、むじな、轆轤首、葬られた秘密、雪女、青柳物語、十六桜、安芸之助の夢、が英語・日本語の対訳で入っている。

　小泉八雲旧居（ヘルン、Hearnをドイツ語読みにしたもの）、小泉八雲記念館（島根県松江市）、焼津小泉記念館（静岡県焼津市）、富山大学付属図書館ヘルン文庫がある。

　私は2005年5月、松江を訪れたが、地ビール（ヘルンビール）は、おいしくなかった。

レイキャビク（Reykjavík）

Reykjar-vík は「煙（reykr）の湾（vík）」の意味で、アイスランド共和国（人口30万）の首都である。ノルウェーのバイキング Ingólfr Arnarson（インゴールヴル・アルナルソン、現代の発音はアトナルソン）が874年、ここに漂着したとき、温泉から舞い上がる蒸気が煙のように見えた。

2003年8月初旬、第17回国際言語学者会議（プラハ）の帰りにレイキャビクに4泊する機会があった。ホイクスドウホティル教授（Prof.Dr.Auður Hauksdóttir；デンマーク語教授）の車で市内を案内してもらったあと、町を歩くと、北欧神話にゆかりの街路名がたくさんあった。Óðinsgata オーディン通り、Thórsgata トール通り、Týsgata ティール通り、Bragagata ブラギ通り（Bragi は詩の神）、Freyjugata フレーヤ通り（Freyja は美の女神）、Njarðargata ニョルド通り（Njǫrðr は Freyr と Freyja の父）、Baldursgata バルドゥル通り（Baldur は Odin と Frigg の息子）、Lokastígur ロキ通り（Loki は北欧神話悪の神）など。だが、なぜか Frigg（フリッグ：Odin の妻）の名はない。「通り」は gata（英語 gate）のほかに braut もある。Snorrabraut（スノリ通り）語源は brjóta（切る）で、切り開いて作った。フランス語 route も同じで、ラテン語 via rupta より。Ásgarður（北欧神話アサ神族の庭）は意外と小さい。garður 'garden'. Gamli Garður（古い庭）は外国人学生用のホテル。Nýi Garður（新しい庭）は外国語研究所になっている。日本語の授業もある。

わご（和語）と漢語

（native Japanese and Sino-Japanese）

「とき」（time）は和語だが、「時間」（time, hour）は漢語である。「とき」のような抽象概念が和語にあることは立派だ。英語 time は本来の英語（ゲルマン語）だが、hour はギリシア語からラテンに入り、フランス語を通して英語 hour になった。

新聞（2021.4.18）の第一面の見出し（head）に日米首脳会談、対中国で協調、共同声明に台湾明記、とある。この中で和語は「で」と「に」だけだ。それほど、漢語の影響は大きい。中国の文物（words and things）が4世紀から9世紀にかけて、日本に入ってきた。日本の新聞記事の半分は漢語であるといわれる。起床、食事、通勤、労働、休暇、学校、教育など、抽象名詞はみな漢語だ。和語でいえば「あさおきること」「たべること」「つとめにゆくこと」「はたらくこと」「しごとをやすむこと」「まなぶところ」「おしえること」のように長くなる。「出口」「入口」は和語。「人生」の和語は「ひとが生きること」。「晴雨にかかわらず」の晴雨は漢語だが、「降っても照っても」とすれば和語になる。

漢語は4世紀から9世紀にかけて日本に流入し、894年、遣唐使の廃止まで続いた。漢音と呉音（南シナ）があり、呉は呉服に残る。お茶は tea が南からヨーロッパに伝わった。日本茶とか茶の湯の茶 cha は日本とロシアに伝わった。ロシア語では chaj（チャイ）という。「おやつ」は「8番目」の時（午後3時に食べるもの）だが、「やつ」では通じない。

［付 録］

1. 蜂谷弥三郎 （はちや・やさぶろう） 1918-2015

　1945年、無実の罪で、北朝鮮ピョンヤンでソ連軍に拘束され、シベリアの極寒の地に送られ、エリツィンの時代になって、ようやく無実を認められ、1997年、51年ぶりに、故郷の鳥取の妻と娘のもとに帰ることができた。　その詳細は『戦争で失った青春、地獄を見た男たち』極光の集い第9号（2000年3月）に描かれている。さらに、その次第は2000年5月8・9・10日、NHK深夜放送4:00「心の時代」に放送された。ここには、私が感動した次第をNHKラジオ「こころの時代」中野正之氏あてに送ったものが鳥取の蜂谷さんあてに転送された。それを下に掲げ、その返事としていただいた、蜂谷弥三郎さんからの、4枚の詳細な自筆のご返事を掲げる。

　2000年8月3日（木）蜂谷弥三郎様、

　3日間の名古屋での集中講義から帰ると、学校にお手紙と『地獄を見た男たち』（2000年3月）が届いていました。どちらも、大きな感動をもって拝読いたしました。ありがとうございました。奥付に1000円とあり、失礼かとは思いましたが、その代金と切手送料を同封いたします。図書新聞の広告にある坂本龍彦編著『シベリア虜囚半世紀』はさっそく学内の書店から注文します。

　お手紙は、内容も日本語表現も、ただならぬ立派なものに思われますので、保存しやすいように、70％に縮尺して、コピーをお送りします。仲介してくださったNHKの中野正之さんにもお礼状を出します（7月21日に再放送されたことは知りませんでした）。

　ロシヤ語もたちまちマスターされたようで、日本語を忘れ

まいとして教育勅語を森の中で反復暗唱したこととあわせて、高い志の方なのであろうと推察いたします。昔、弘前大学にいたころ（1967-1975）、「ロシア語の生格について」という論文を書いたことがあるのですが、抜き刷りが見つかりませんので、最近のものを同封させていただきます。

　お手紙には新しい情報もたくさんあり、有益でした。クワワとしか聞き取れなかったお名前はクラワ（クラウディアの愛称）だったことが分かりました。クラウディアならば、古代ローマ時代からある立派な家柄の名前です。彼女の前半生が、ラジオでは簡単な紹介でしたが、いまは、よくわかりました。それと、お嬢さんである52歳の久美子さんご夫妻がシベリアを訪れたことはラジオでは言っていませんでした。よいことは踵（きびす）を接してやって来るもんだなあ、と心がなごみました。クラワさんも久子さんも、それぞれに一人の男性を軸に、精神的に豊かな人生の一部を送ったように思われます。奥さまの久子さんの年金で生活しているなどと言わずに、1杯の薄いスープと一切れの乾いたパンの時代を思えば、分量は半分ずつでも、十分に食べてゆけるのではありませんか。

　久子さんが、苦しい生活の中で、お嬢さんに高等教育を受けさせたのは、実に立派なことだったと思います。いま、衛星テレビで『大地の子』の再放送をしていますが、わかれわかれになった日本人孤児の男の子（当時7歳）は養父に教育を受けさせてもらったので、立派な会社に勤められましたが、その妹（5歳）は貧しい家に引き取られたので、石ころだらけの畑を耕しながら、39歳で病気のために死ぬという場面が、つい数日前にありました。

153

私の父は東京都水道局に勤めていたのですが、昭和15年ごろ政府が満州開拓移住を奨励したので、母は妹を背負って、私の手を引いて、丸の内の説明会に行ったものでした。しかし、母が反対したので、結局、中止となりました。『地獄を見た男たち』のp.119『集団自決・捨てられた満州開拓民』を見ると、行かなかったのは大正解でした。その母も、いま93歳で、2年前から寝たきりとなり、姉・私・妹の3人で、当番制で介護しています（父は78歳で1975年没）。

　ひとくちにロシア人といっても、副所長さんのように、人間的な人もいるんですね。理髪師がアルメニア人というのも、興味深かったです。アルメニア人はトルコ人に散々にいじめられて、ソ連の時代になって（1922年、大国の保護下に入って）、ようやく、人間らしい生活を送れるようになりました。ドイツ留学時代（1965-1967）、グルジア語やアルメニア語も少し勉強しました。つまらない内容の礼状で申しわけありません。

下宮忠雄

2000年8月2日（蜂谷弥三郎さんより）
　前文失礼いたします。NHKラジオ深夜便「心の時代」担当の中野正之ディレクターより転送されたお手紙を拝見いたしました。思いもよらず、あの放送にご関心をお寄せいただき、恐縮、かつ身にあまる光栄と存じ、心からあつくお礼申し上げます。
　極限の人生を乗り越えることができまして、さいわい、日本に生を享けた恵みによって、半世紀を奇しくも生きながらえて、82歳の老境を祖国に生きているという、この現実が、

帰国以来すでに4年目になるにもかかわらず、いまだに夢ではないかと思うほどの錯覚に戸惑うことがしばしばでございます。

　抑留生活中、祖国への生還に望みが消え去る幻想に陥って、苦悶したことも、数限りなくございましたが、針の穴のような1点に希望をかけて一つ一つの難関に耐えてきたことを顧みて、これでよかったと思っております。

　そしてまた、日本に生まれた恵みとして、教育勅語や五か条御誓文などを座右の銘として、日本人としての襟度を保ち得ることができた喜び、また郷愁の心にさいなまれたとき、小倉百人一首や和歌、短歌などを口ずさみ、日本語ならではの表現など噛みしめ、味わえば、伴侶のように慰められて、祖国をいつも身近に感じておりました。

　また、この世で妻・久子、ロシア女性クラウディアに出会ったのも奇縁というよりも別の言葉で言い表すことが出来れば、と思いますが、これほど大きな幸せは、おそらく稀有な人生としか思えず、限りない感謝で日常を送っている次第です。

　Klavdiyaクラウディアとは37年間生活をともにしておりましたが、日本との連絡がつきましたのは、ソ連が崩壊してからのことでした。娘夫婦や末弟がロシアを訪ねてきてくれたのは1996年のことでした。生後8か月で別れた娘が52歳で再会したときには、すでに娘の頭髪にも白いものがあるのを見逃せませんでした。再会と言うよりも初対面のようでした。

　わたくしたち（クラウディアと私）は、すでに寄る年波で、少しずつわずかな年金から葬式費として貯金を相当額し

ておいたものをクラウディアは全部引き出し、ドルに換えて全額を私の知らぬうちに、私の荷物の中に入れておいたのでした。日本に帰って見つけて、驚きました。昨年（1999）3月末に、弟と一緒に報恩の気持ちでロシアを訪ねたときにクラウディアの箪笥のヒキダシに置いてきました。彼女は無一文になってしまったのですから、私はあのお金は絶対に取れるわけではありませんでした。彼女は私が日本に帰るときの当座の費用の心づもりだったのでしょう。

　ソ連での生活の間、ソ連社会から白眼視や監視（反ソ日本人スパイとして）されていた私でしたが、彼女も同様の目で見られておりながら、敢然として私をソ連社会の荒波から守り通してくれたのです。それは筆舌では言い表せない苦しみを伴うものでした。

　一方、妻・久子の今日までの苦難の人生を知ったとき、「人の不幸の上に自分の幸せを築き上げることは人道上、許されるべきではない」として、いさぎよく離別を決断してくれたのでした。ちなみに、彼女とはロシア法律のもとに、正式に夫婦として登録されていたのでした。彼女は幼年時代から稀有の運命に翻弄された人でした。

　5歳のとき、ロシア革命後の殺伐としていた時代に実母が亡くなり、継母には連れ子があって、邪魔者扱いの彼女を物貰い（乞食）の群れに追いやったのでした。当時、物貰いは幼児をわざと不具者にして民衆から哀れ味を誘う手段として、物貰いの道具にしたのでした。手や足を折ったり、目をつぶしたりしたそうです。子供心にも恐ろしかったと思い出話をしながら涙を流しておりました。

　6歳のころ、寝わらを盗んで来いと言われて、やっとのこ

とでほし草の山にたどり着いたとき、寒さに耐えかねて、ほし草の中へもぐりこんで、眠ってしまい、ほし草の主に見つかって拾われ、ようやく、育ての親として子守りや女中としての生活が始まったのが6、7歳のころでした。学校へもろくに行かせてもらえず、独学で経理士の資格をとり、19歳のとき、食料関係の倉庫で働いていたころ、上司が帳簿の不備から検閲前にわざと入院し、クラウディアに一時的に代行を依頼し、帳簿にサインをしてしまったのでした。検閲の結果、国家資源横領罪として10年の刑を受け、無実の罪に泣いた人で、私と同じように無実の罪に苦しんだ者同士が知り合い、たがいに慰め励まし合うことで結ばれたのでした。晩年のころは、審査経理士として、村でも相当に認められた地位にあり、私も、自然に、民衆から人望を築くようになったのでした。

　マガダン強制労働収容所副所長さんは、なぜか私をいつもかばってくれました。私の条目は58条の6項で、反ソスパイ罪で、地方人相手の理髪士として働く資格がないとして追放され、また、服役中も厳しい取り調べを受けており、私はいつも無実を主張しますので、取調官は怒ってインジギルカで腐り果てろ、と怒鳴って、服役中、3度インジギルカへ送られることになったのでしたが、3度とも取りやめになりました。これは副所長だけが知る謎のように思います。また、副所長さんの言葉の端々に感じ取ることが出来たからです。

　インジギルカはマガダン山脈から北極洋へ流れ出る川で、その周辺に亜鉛を掘る地下500メートルの手掘り炭鉱で、囚人たちは、あそこからは生きて帰れない所だと恐れられていました。死の炭鉱と言われていました。

副所長さん宅で、夫人の手料理で3人で対等に食事のと
き、チェロヴェク・イズ・スタラヌイ・ワスホジャスチェ
ヴォ・ソンツェ（chelovek iz strany voskhodyashchevo solntsa）
日出ずる国の人、お座りなさい、と言ってくれた人です。
　1957年ごろ、日本から小包が届きました。差出人の名前
は切り取ってあり、中身は3分の1ほどしかなく、さんざん
調べたのでしょう、でも4枚の小さな写真とカタカナの手紙
がありました。ワタクシワ、オトウサンニ、アイタイト、オ
モイマス、ハヤクカエッテクダサイ、とありました。その手
紙をかき抱き、嘆き、悶えました。よく気が狂わなかったと
思います。母の写真と妹のには母の筆跡で妻と娘のには妻の
筆跡で、差出人は分からず、妻と娘の元気そうな姿を見て、
とにかく、妻と娘は日本へたどり着いているので、ひと安心
ですが、いつ帰れるあてのない私を待っている妻を思い、ま
た、あたら過ぎ行く30歳代の女性の人生を思い、私に義理
を立てずに、再婚して自分の人生を築き、しあわせに暮らす
ようにと、断腸の思いで手紙を出しました。小包が届いたの
ですから、もちろん、手紙も届くものと信じておりました。
このたび、日本へ連絡するときも、せっかく再婚して幸福に
暮らしている彼女の生活に波紋を投げるのではないかと懸念
しました。しかし、自分の骨だけは、なんとしても、祖国に
埋めたいという望みは胸のなかに燃え続けていました。連絡
がついて知ったのは、妻が再婚もせず、蜂谷の姓を守り、戸
籍も夫婦のまま、家を建て、娘にも人並みの教育を施し、
たった3年の夫婦生活でしたが、51年間もの間、夫婦の絆を
保ち続けてくれたのでした。なおまた、生死不明の私の名義
で数百万円の貯金を、もし帰ってきたときの当座の費用にと

蓄えてくれた妻でした。貯金通帳を見たとき、払い込んだ金額は、まとまった額ではなく、少額ずつの払い込みでどのようにして貯めたお金か一目瞭然として分かりました。帰国後、そのお金で小さな隠居所を建て、おっしゃるように、私は82歳、妻は84歳の毎日を常人の50倍もの厚みをもって、その日その日、1分1分を、水入らずの80路のたつきを営んでおります。

　日本に帰って初めて知りましたのは、私のような立場の人間、すなわち、民間人で、いわれなき虜囚としての者は、国家から援助や補償をする法律も規則もないと言われ、毎月、妻の年金から切手代として小遣いをもらっているという、思いもよらない生活無能力者としての生活が、日本では、私を待ち受けておりました。

　でも、ノモンハン事件のときの日本軍捕虜のように棄民としてではなく、一人の日本国民として受け入れてくれた祖国に対して、ありがたい感謝の気持ちで、余生をまっとうしたき所存でございます。かつてフィリピンから帰国した小野田氏、横井氏は軍人ですので、国をあげて、マスコミも大々的に報じ、生活にも、それ相当の援助がありましたが、私は軍人、軍属でもなく、陸軍造兵廠の工員なみの事務員でしたので、法律や規則外の者として、一蹴されたわけです。現在、妻の年金の寄食者として、生活無能力者としての立場で養われております。やはり、日本は、いまだに、軍国主義の後遺症が根強く潜在していると思いました。

　命日（先祖の日）はロシア語でロジーチェリスキイ・ジェニ roditel'skiy den' と申しまして、ロシア正教の大々復活祭（パスハ paskha）のあとの第一土曜日だと聞いておりました。

その日は、ゆで卵子に色付けをして、ご馳走を持参して墓地へ行き（ロシアではほとんど土葬です）お墓の上に食べ物やお酒を供えて、亡き人を偲ぶ日です。墓碑に向かって生きている人と同じように話す人もいます。その日はお祭りのように、墓地が賑います。私たちは荒れた無縁墓地の手入れや掃除をして、自分の死後のことを言わず語らずのうちに、確かめ合っていたのでありました。

　失礼をかえりみず、駄文を長々と書き連ね、申しわけございません。ご精読ありがとうございました。厚く御礼申し上げます。

　　　平成12年（2000年）7月28日　　　　蜂谷弥三郎
　下宮忠雄様、玉案下

　［4枚に書かれた肉筆の手紙をパソコンに打ちながら、新聞社でもなく、雑誌社でもない、一介の私人に対して、このような詳細な手紙を寄せられた蜂谷さんに対して、その真摯な態度、表現力、漢字使用力に感嘆するばかりです。2022.6.6.］
　蜂谷弥三郎さんのことは私の『教養読本』（文芸社、2018）のp.153-154に紹介した。その部分を再度掲げる。

　蜂谷弥三郎（1918-2015）。私は1946年7月、ピョンヤンにいた。ある朝、突然スパイ容疑でソ連兵に連行された。全く身に覚えのないことである。シベリアの極寒地に送られ、50年の年月を送らねばならなかった。1961年、保養所で知り合ったソ連女性クラワ（＝クラウディア）は蜂谷を何にくれとなく助けてくれた。おかげでシベリアのアムール州プログレス村で農業や理髪師などの仕事をして暮らした。その後、

エリツィン時代に名誉が回復し、1996年、島根に住む妻と娘のもとに帰れる時が来た。弥三郎、迎えに来た娘・久美子、その夫など15人ほどの友人、テレビ、新聞社、通訳を、ロシア人主婦たちの心づくしの手料理が待っていた。

　囚人の父は異国のロシアで細々と暮らしているのではないかと案じていた娘・久美子は、こんなにも大勢の善意ある人々の間で暮らしていたことを知った。送別会の挨拶で彼女は言った。「この父を長い間、見守ってくださった第二の母がロシアにいるという喜びで一杯です。」

　妻の久子は看護婦をしながら、郷里の島根で一人娘久美子を中学校養護教諭に育てた。

　蜂谷とクラワのドラマはロシア全土に放映された。クラワはロシア女性の誇りと讃（たた）えられた。2003年11月、日本テレビの招待で来日したクラワは、島根で一週間を過ごしたあと、インタビューに答えた。「あの37年間は私の最もしあわせな年月でした」サームイエ・スチャストリーヴィエ・ゴードゥイ sámye sčastlívye gódy.

　ピョンヤンで蜂谷弥三郎を密告した安岡なる男は、終戦後、占領軍の後方攪乱を計ったゲリラ作戦の要員らしく、蜂谷を問い詰めれば、その組織と名前が分かるのではないかと、日夜追及され、祖国帰国者名簿からも除外されていた。安岡は、その後、銃殺の判決を受けた、と聞いた。

　蜂谷さんは、それより前、日本人だからとて、安岡を自宅に招いて食事をもてなしてあげていたのに。恩を仇で返したのである。

2. 渋谷の「オスロ」と6人の先生と10冊の本 (2005)

（下宮、2005）学習院大学ドイツ文学会研究論集 9

川口洋教授・下宮忠雄教授　古稀記念特集、p.23-41.

「オスロ」は渋谷の旧東邦生命ビル31階にあったレストランの名である。俳優の加藤剛の行く店とかで、私も1976年ごろから通うようになった。スカイレストランという形容語からも分かるように、窓際から外を眺めると、池袋のサンシャインが見られ、まさしく空に浮かぶレストランという感じである。オスロ Oslo は古代ノルド語で「神 os の森 lo」（ドイツ語 heiliger Hain）の意味である。os はイギリスの作家オスボーン Osborne（1929-1994）に見え、「神から生まれた」の意味である。

このレストランは、北欧肉魚野菜料理40種類、食べ放題、飲み放題のバイキング形式で、17:00から19:00まで、2時間のサービスタイム3,000円ということから、大学院の学生と一緒に勉強会をかねて、年に一回か二回行ったものだ。1980年代は、多少とも余裕があったので、学生は半額で、私が残りを負担したこともあった。あのころは幹事を5回とか10回とかつとめると、お店からご褒美が出るという掲示が出ていて、60回でオスロ名誉市民証がもらえるとあった。私は幹事5回で、ビールの栓抜きをもらった。その後、経営者がかわり、この制度はなくなった。料金はのちに4,500円、5,500円になったが、それでも、新宿にくらべれば3分の2である。家族と一緒に行ったことも2度、3度あったが、まだ小さかった子供たち3人は果物とジュースばかりとっていた。1990年代になると、学生も私も余裕がなくなり、回数がぐっと減った。グルジアの言語学者で東洋学研究所長のトマス・ガムク

レリゼThomas Gamkrelidze（1929-）が学習院大学・言語共同
研究所で1982年に講演したあと、学生たちと一緒に渋谷の
オスロに行って、食事をしたが、こういう費用は大学から出
るのではないのかと、いぶかった。彼は祖国では学術会議の
メンバーであるから、このような接待は、すべて国家から支
払われる。

　30年間健在だったこのオスロが2004年5月31日に閉店と
なることを知り、2004年5月26日（水）に、私はフェルト先
生Michael Feldtに応援を求めて、私の古代ノルド語の授業と
フェルト先生の大学院演習の学生と合同の計12名でひとく

ち発表会プラス食事会を行った。

　1980年代には古いゲルマン語を大学院でやっていた。オ
スロでの勉強会は、ノルド的（＝北欧的）飲食をしながら、
各自の作品（ひとくち作品）を発表するものだった。私は頭
韻（alliteration）を用いて、古代ノルド語や古代英語の詩を
作ったりした。『本の手帖』（cahier des livres）1963年10月号、
特集・西脇順三郎の人と作品（昭森社）という雑誌が手元に
あり、扉に1923年Oxfordにて、という西脇順三郎の写真が
載っている。自分の書棚をスリム化するたびに、不要な書物
類は徐々に捨てていったが、最後まで残ったものの一つであ
る。古代英語の素養もある西脇順三郎は、市河三喜とはまた
別の魅力がある。

　私は名句やことわざも好きだったので、これは学部の授業
でも大いに取り込んだ。2行詩（couplet）を作る課題は学生
もずいぶんのってきた。

　アンデルセンの156編の童話の一つに「ABCの本」ABC
-bogen, 1855）という作品があり、その「CはコロンブスのC,

コロンブスは海を越えて行った、そして大地は二倍に大きくなった」という2行詩からヒントを得たものである。デンマーク語原文は弱強4歩格（iambic tetrameter）、脚韻を踏んだ美しい作品である。

　学生の作品で気に入っているものを二つ掲げる。「シンデレラ、鐘が鳴っても王子を愛す。人魚姫、泡になっても王子を愛す」（1994年、東海大学デンマーク語科1年、羽田笑子；私は当時、東海大学でデンマーク語の非常勤をしていた）と「2時間の授業は長い、2か月の夏休みは短い」（学習院大学生）。

　渋谷の「オスロ」での私の作品を一つ掲げる。古代ノルド語で作った8行詩「人魚姫」で、Tryggr Niðahofは私の名前を古代ノルド語に訳したものである。太字は頭韻を示す。太字の縦を見るとAndersen、斜字体を見るとShimomiyaで、anagramになっている。単語はできるかぎりEddaの語彙を用いている。以下は古代ノルド語訳「人魚姫」Lítil sjómær（eptir H.C.Andersens "Den lille havfrue", norrøn oktet af Tryggr Niðahof）

　1. **Á**r var **a**lda **a**lfagr *sj*ómær,
　むかしむかし、美しい人魚がいた。

　2. **N**ær **N**óatúni var **n**onno **h**eimstoð.
　彼女の住居は海辺にあった。

　3. **D**róttir **d**ró til **d**róttins *ió*ð,
　乙女は王子のもとに行った。

　4. **E**lskaði **e**rfinga, **e**iga vildi til *m*anns.
　彼女は王子を愛し、結婚したかった。

　5. **R**éð ok **r**ak hana til **r**økkrs *ó*fagnaðrar.

164

彼女は決心して魔女のもとに急いだ。

6. **Sj**ómær s**a**t nú í sal borgar hos **m**ildom,
人魚はいま美しい王子のもとにいた。

7. **Enn** þó **e**rfingi **e**lskaði *í*trborna,
しかし王子は別の王女を愛していた。

8. **Nanna n**amak, enn n**a**ut at *á*stskum.
彼女は結婚できず、海の泡になった。

　見出しにある6人の先生は1954年（19歳）から1982年
（47歳）の間にめぐりあった6人の先生方で、私の70年の生
涯に大きな影響を与えた。
①前島儀一郎（1954）
②森田貞雄（1960）
③矢崎源九郎（1961）
④Prof.Dr.Johann Knobloch（1965-1967, Bonn）
⑤泉井久之助（1975）
⑥服部四郎（1982）

①前島儀一郎先生のこと（1954）
　前島儀一郎先生（1904-1985）の名を知ったのは1952年、
私が立川高校（東京都立川市）2年のときだった。大学書林
から出たばかりの『英独比較文法』の著者であるが、内容は
英語とドイツ語の比較だけでなく、古代英語、古代高地ドイ
ツ語、古代ノルド語、ゴート語などをも比較参照した、ゲル
マン語全体を視野に入れての比較文法であり、単なる対照文
法ではない。欧米の類書は音論と形態論のみの場合が多い
が、前島先生のは統辞論、意味論、文体論も含む広範なもの

である。序文に「私の処女作（昭和17年）は戦争の犠牲となり、戦後、川本茂雄氏（早稲田大学仏文科教授）の手を介して大学書林から出版されることになった…」とあるので、この点を、のちに伺ったところ、三省堂から出る予定であったが、印刷寸前で戦火のために工場が消失したとのことだった。昭和17年といえば、先生が38歳のときの作品である。私は70歳になってしまったが、いまだに先生を越えられずにいる。その後、まもなく、先生は市河三喜・高津春繁共編『世界言語概説』上巻、研究社1952, の中で「オランダ語」「デンマーク語・スウェーデン語・ノルウェー語」を執筆していることを知り、ますます前島先生に傾倒していった。

　病気で1年間高校を休学した間に、岩波全書のラテン語入門やギリシア語入門を読んだ。高校卒業後、経済的事情で大学進学は3年ほどおあずけにして、就職し、旺文社（新宿区横寺町）に勤めた（1954-1961）。最初の1年は洋書部勤務だったので、英独仏書に自由に接することができた。初めて前島先生にお目にかかったのは、1954年8月だった。「夏休みになると、ヒマになりますから、遊びにいらっしゃい」とのお便りをいただいた。当時、先生は成城大学教授（のちに名古屋大学教授）で、お宅は成城にあった。ここは先生の恩師である市河三喜（1885-1970、東京帝国大学名誉教授、英語学）のお住まいもあり、学者村だが、のちにタレントの町にもなった。小柄で美人の奥様である前島清子さんは津田塾大学英文科の出身で、のちに成城短期大学教授になった。一色マサ子さんより私のほうが優秀だったのよ、と自己紹介した。一色マサ子さんはコペンハーゲン大学教授パウル・クリストファセンの『冠詞』の訳注を英語学ライブラリー（研究

社）の1冊として出した。そして、のちに津田塾大学英語学教授になった。前島清子さんによると、戦前の人は英語の先生になるために、カーム（G.O.Curme）の『シンタックス』を暗記するほど読んだそうだ。私は、そのころ、神田の古本屋で買った有坂秀世の『音韻論』（三省堂1940，第2版1947）を読んでいたので、形態音韻（morphophoneme）や形態音韻論（morphonology）について儀一郎先生にたずねたが、先生はこの方面には、あまり興味を示さなかった。

　その後、先生は新村猛先生（京都大学の同窓）から誘われてそこの仏文科でフランス語学や古代フランス語の授業を担当し、最近は古代英語と同じくらいに古代フランス語のテキストを楽に読めるようになりました、とお便りをいただいた。のちに『英仏比較文法』（大学書林、1961）が出版された。この年に私は早稲田大学第二文学部の英文科を卒業（卒論は「ベーオウルフにおける格の用法」）し、東京教育大学大学院に進学することになり、7年間つとめた旺文社を退職した。退職金7万円のうち、3万円で、オリベッティのタイプライターを買った。前島先生の英仏比較文法は前述の『英独比較文法』と同じ精神のもとに書かれ、ロマンス言語学入門をも兼ねたものである。没後出版の『英独仏語・古典語比較文法』（大学書林、1987）を含めた先生の三部作のうちでは、この『英仏』が最も光ってみえる。

　先生には、その後、『イェスペルセン自叙伝』（研究社、1962）の翻訳があるが、これはデンマーク語からの翻訳で、世界初のものであり（出版社の希望で、3分の2の抄訳だが、省略部分は要旨がついている）。英訳は、やっと、1995年にA Linguist's Life. An English Translation of Otto Jespersen's

Autobiography with notes, photos and a bibliography by David Stoner, annotated by Jørgen Erik Nielsen. Odense University Press, 1995, xx, 380 pp. 240 dkr.）。

　G・キルヒナー Kirchner の『アメリカ語法事典』（大修館書店、1983）は先生を含む4名の共訳だが、先生が大部分の作業をしたと奥さまが言っておられた。私は『言語』編集部の山本茂男氏からの依頼で、大修館『月刊言語』への書評のために、早稲田大学商学部午前中のドイツ語入門2コマのあと、神田の大修館書店編集部に立ち寄って、1200頁の校正刷りを非常勤の日大国際関係学部（三島）に向かう新幹線の車中で読んだ。アメリカ語法では Mexican life as *she* is lived（メキシコ生活の実態）、Music, all ready? Then, let her go!（みな用意はよいか？演奏始めだ！）、I smell her（コーヒーのにおいがする）のような無生物名詞が女性名詞扱いされる。

　前島先生と同じ時期に私をこの方面に駆り立ててくれたもう一人は高津春繁先生（1908-1973）で、『比較言語学』（岩波全書1950）と『印欧語比較文法』（岩波全書1954）の著者である。『比較言語学』を購入したのは高校3年のときで、これぞわが道と予感したのだが、実際に先生とお話する機会はほとんどなく、のちに、私が弘前大学助教授の時代に、ハンス・クラーエ著、下宮訳『言語と先史時代』（紀伊国屋書店、1970）をお送りしたときに礼状をいただいた程度の関係に終わってしまった。

　高校2年の休学中に読んだもう一冊は乾輝雄著『英独仏露四国語対照文法』（冨山房1925, 再販1942）だった。この本は文字、発音、文法（437頁）と語彙（発音記号つき、135頁）からなり、むさぼるように読んだ。語彙は基本語2500

語が英語見出しで、ドイツ語、フランス語、ロシア語が付せられている。ロシア語の発音記号は本邦初の試みではないだろうか。参考文献が掲げられていないので、著者がどんな本で勉強したか分からないが、ロシア語の説明や用例は、明らかに、Göschen叢書のErich Berneker：Russische Grammatik (Leipzig 1906)から採ったものが見受けられた。Bernekerベルネカー（1874-1937）はPrag大学助教授のあと1909年にBreslau大学に移り、1911年からMünchen大学教授であった。同じ著者のゲッシェン叢書『ロシア語読本』Russisches Lesebuch mit Glossar(1916, 176頁)はNaúka ne múkaナウカ・ニェ・ムーカ（学問は苦しみではない）とかDurák duraká i khválitドゥラーク・ドゥラカー・イ・フヴァーリット（愚か者は愚か者をほめる）のようなことわざ、ツルゲーネフのスイスの山ユングフラウとその隣の山との会話、ツルゲーネフ「ロシア語」、プーシキンの「オネーギンより」などが載っている。テキスト106頁に対して語彙が70頁もついているから、完備しているのが分かる。

　乾輝雄氏（1899-1975）には、上記のほかに『大東亜言語論』（冨山房1944）、『英独仏単語記憶法』（冨山房1948）があり、八杉貞利編『岩波ロシヤ語辞典』（1935）の序文に「乾輝雄君はロシヤ語の見出語をタイプライターで打ってくれた」と書いてある。

②森田貞雄先生のこと（1956）

　森田先生（1928-2011）には、1956年、初めてお目にかかった。教文館で開催された北欧文化協会の講演会の帰りだった。先生のお名前を知ったのは平凡社の『世界文化地理体系、第14巻、北ヨーロッパ』（1955）においてである。先生

について、早稲田大学英文科卒、1952-1953フルブライト留学生としてノースカロライナ大学独文科留学、1953-1954デンマーク政府招聘留学生としてコペンハーゲン大学言語学科に留学、論文「英語における北欧語の影響」と紹介があった。その翌年、先生は早稲田大学講師となり、私も同じ年（1957）にその第二文学部英文科に入学したのだが、授業で先生に教わる機会には恵まれなかった。先生はVikingについての英語テキストを教材に用いておられ、そのクラスの生徒たちをうらやましいと思ったものだ。その後は、ずっと、森田先生こそ目指す人と仰いだ次第である。

　1959年に先生の『デンマーク語文法入門』（大学書林）が出版されたので、その本を携えて、友人の小黒昌一氏（のち早稲田大学文学部教授）と理工学部の学生と3人で、夏休みに先生のお宅に伺ってデンマーク語の手ほどきを受けた。その内容はデンマーク語の発音と特徴であった。文法は本に書いてあるから読めばわかるが、発音だけは「手ほどき」が必要だ。ソシュールのsignifiantとsignifiéはイェムスレウではudtryk（表現「外に出す」：ドイツ語Ausdruck）とindtryk（内容「中に入れる」：ドイツ語Eindruck）に当たるんだよ、と伺った。全部で3回ほどであったが、下宮君のアールは全然ダメだな、と言われた。ルッチュバーンrutschbane（ジェットコースター）がオシュバーンと聞こえるんだよ、と。このとき、理論的に口蓋音のアールと説明されているフランス語とドイツ語のRを初めて体験したのだった。最後の授業のとき、先生の奥様がビールとチーズをご馳走してくれて、チーズが、こんなにおいしいものだということを初めて知った。先生は、早稲田では、一応、ゆるやかな関係において川本茂

雄先生のグループであるが、いわば、突然変異であった。その後、先生の『アイスランド語文法』（大学書林、1982, 第2版2003）が出て、『デンマーク語文法入門』とともに、わが国でのパイオニア的書物になった。先生は日本アイスランド学会会長になられたが、1998年3月に早稲田大学を定年退官して、名誉教授になられた。

　1961年1月、早稲田大学第二文学部英文科の卒業論文『ベーオウルフにおける格のシンタックス』（Case-syntax in Beowulf；400字69枚）主査：宮田斎教授、副査：古川晴風教授、は粗末なものだが、Old Englishにまだ豊富に残っているinstrumental dativeを中心に用例を収集したものである。テキストには最良の刊本F.Klaeber（1950）を用い、文法と理論にはHenry Sweet, Otto Jespersenはもちろん、B.Delbrück, Synkretismus. Ein Beitrag zur germanischen Kasuslehre. Strassburg 1907やR.Jakobson, Beitrag zur allgemeinen Kasuslehre. Gesamtbedeutungen der russischen Kasus（Travaux du Cercle Linguistique de Prague, 6, 1936, 240-287）を利用した。後者のプラーグ言語学団論叢第6巻は1957年、私が早稲田大学1年のときにオランダの古本屋Jan Peetから購入したのだが、外務省に6米ドルを申請して大和銀行から送金するという面倒な手続きをせねばならなかった。このTCLP第6巻はEtudes dédiées au quatrième congrès international des linguistesと副題がついており、コペンハーゲンで1936年に開催された第4回国際言語学者会議を指している。その目次を見ると、執筆者はK.Bühler, H.Becker, J.M.Kořínek, N.S.Trubetzkoy, A. Martinet, B.Trnka, V.Brøndal, E.Polivanov, L'. Novák, V.Mathesius, S.Karcevskij, E.Seidel, V. Skalička, Fr.Slotty, E.Utitz, Zd.Vančura,

M.Regula, R.Wellek, J.Rypka, O.Fischer, P. Bogatyrev, J.Vachek, R.Jakobson, P.Trost となっており、必ずしもプラーグ学派的な名前ばかりではないが、全盛時代がしのばれる。TCLP の存在は有坂秀世の『音韻論』で知った。早稲田大学を卒業と同時に、旺文社を退職した。7年間フルタイムで働いて得た退職金7万円から、Olivetti のタイプライターを買った。34,800円のところ、福田陸太郎先生の紹介で5%値引きしてもらった。

③矢崎源九郎先生のこと（1961）

　矢崎源九郎先生（1921-1967）には1961年2月、東京教育大学大学院の入学試験のときに初めてお目にかかった。その前年の12月、私が早稲田大学の卒業論文（ベーオウルフにおける格の用法）を準備していたとき、4年生の冬、東京教育大学文学部の掲示板に物色に行くと、言語学科の講義題目にゲルマン語学（矢崎源九郎）とあるではないか。その瞬間、これぞまさに、私が求めていたものであることを悟った。当時、古代英語、古代ノルド語、ゴート語など、ふるいゲルマン語を少し勉強していた私にとって、この講義題目がドンピシャリに映った。試験官は河野六郎先生（言語学、朝鮮語）と矢崎先生だった。矢崎先生は、ほとんどお話なさらなかったが、最後に、もし貴君が合格したら、4月から Holger Pedersen の『19世紀言語学』（1924）をデンマーク語の原文で読みますから、とのことだった。

　1961年4月に、私は晴れて矢崎門下の一員となり、ノルド語学の家村睦夫さん、意味論の倉又浩一さんなどと一緒になり、言語学史上有名な上記の本を読むことになった。家村さん、倉又さんからは、のちに、東京電気大学のドイツ語の非

常勤の仕事をいただいた。デンマーク語を読むのは初めて
だったし、この本を見るのも初めてだった。一週、一週が、
一学期、一学期が、新しい体験と興奮の連続だった。コピー
機など、まだ、なかったので、家村さんと交代で、3枚カー
ボン紙を重ねてタイプライターを打った。先生所蔵の本は戦
後、尾崎義氏から矢崎先生が購入したもので、尾崎さんの赤
鉛筆やアンダーラインや書き込みで一杯だった。尾崎義さん
（1903-1969）は駐スウェーデン一等書記官で、『フィンラン
ド語四週間』大学書林1952、『スウェーデン語四週間』大学
書林1955の著者であり、北欧語を実践的にも理論的にもマ
スターした最初の日本人である。外務省を定年退官したあ
と、東海大学文学部に北欧文学科を創設し、最初の主任教授
になったが、就任後、一年もたたずに、1969年2月に亡く
なった。

　矢崎先生は健康上の理由で、食事は一日に2回、それも
トーストとタマゴ焼きだけだと奥さまから伺った。奥さまは
アンデルセン童話に出てくる少女のような顔をしておられ
た。1967年2月に、満46歳を待たずに先生が亡くなられたと
き、先生の著書・翻訳は、ちょうど100冊であった。そのむ
ね、東京教育大学英文科の福田陸太郎先生（1920-2006）が
書いておられる。あの少量の食事で、どうして、あんなエネ
ルギーが出るのだろうと、門下生はみな不思議に思ったもの
だ。実業家だったお父さまの時代からの主治医が、胃潰瘍と
誤診して、胃ガンであることを最後まで見抜くことができ
ず、他の医者に診てもらったときには、すでに、手遅れだっ
た。いまなら、裁判で、罰金1億円はとられるぞ。しかし、
先生は、そんなお金よりも、まだまだ、健康で、仕事を続け

たかったはずだ。

　先生はたいへん子煩悩で、長男の滋さん（いまテレビで活躍中）が高校3年のとき、われわれ数名を大学のすぐそばの地下鉄茗荷谷駅の近くの喫茶店に招待して、先生は健康上の理由で、コーヒーなどは飲めなかったが、息子は来年大学受験なのに、タバコなど吸って困っている、と話した。だが、先生の心配は杞憂（groundless fear）だった。滋（しげる）さんは、東大英文科に現役で合格した。蛙の子は蛙、の実例を、目の前に見たわけだ。私は滋さんが高校2年のとき、英語の家庭教師をしたが、これが私の唯一の自慢話になっている。

　先生自身は東大言語学科の出身で、卒論は服部四郎先生の指導でビルマ語だった（当時は大東亜言語圏 Greater Asia Language Circle が叫ばれていた）が、先生の興味は北欧文学にあった。先生はアンデルセン、イプセン、ストリンドベリなどの名訳で知られる。お嬢さんはアヤという名だが、アはアンデルセン、ヤはヤコブセンからとった、と伺った。先生にはデンマークの詩人ヤコブセンの『ここに薔薇の花ありせば』岩波文庫、の翻訳がある。ある日曜日のこと、娘を連れて江の島に行くんだが、一緒につきあいませんか、とお電話いただき、ご一緒したことがある。東京教育大学大学院に入学したとき、先生から家庭教師の仕事を紹介していただいた。

　私は矢崎先生からノルド語学を習ったわけだが、この分野での私の業績は、遅まきながら、先生が亡くなられて、26年もたって、やっと、『ノルウェー語四週間』（大学書林、1993）として結実した。私は、その序文に「…北欧文学の美しい翻

訳を多数、世に送りながら、ついに北欧の地を一度も踏むこ
となく逝去した、東京教育大学大学院（1961-1965）での恩
師、故・矢崎源九郎先生（1921-1967）のご霊前に本書を捧
げる」と書いた。奥さまに先生のご霊前に供えてくれるよう
1冊お送りしたところ、お礼の電話をいただいた。先生から
は『19世紀言語学』講読のほかに、エッダやサガの講読も
習ったが、先生自身は、これらをだれから習ったわけでもな
く、すべて書物を通して習得なさったのである（この点、ソ
シュールの翻訳と、その内容に肉迫した小林英夫先生1908-
1978と同じである。北欧語学150年の歴史のあるドイツでは
事情が異なる。今日、第一線に活躍している専門家は、それ
ぞれの恩師から習ったのであり、その師には、さらに師がい
た。

　1967年2月、留学先のボンで矢崎先生の訃報を受け取った
とき、私は古代ノルド語で4行詩を作り、東京教育大学言語
学論叢（1967）に掲載してもらった。ここに古代ノルド語の
部分は省略し、日本語だけ掲げる。「師はもはやこの地にな
く、ワルキューレに導かれてミッドガルド（人間の国）から
アスガルド（神の国）に去れり。オーディンとフリッガに迎
えられ、ワルハラの客人となりて、よき贈り物、よき飲み物
（天上の美酒）と、よき書物（エッダ）を受ける。さらに、
天使のつばさに乗りて、フィレンツェのアルノの川の上を舞
う。

　矢崎先生は東大の学生時代に、東京外国語学校から非常勤
で来ていた栗田三吾講師のイタリア語の授業に参加し、イタ
リア語、イタリア文学にも造詣が深く、『イタリア語の話』
（大学書林1959, 144頁、第2版、B6判、1989）がある。この

小冊子はイタリア語の話（歴史、文法）、イタリア文学の話、語彙からなる。1954年、日伊合作映画「蝶々夫人」の八千草薫とピンカートンの写真が載っている。上記の最後の行のアルノ川にかかるポンテ・ヴェッキオ（古い橋）は、ダンテとベアトリーチェが出会った場所として文学史上、有名である。

　東京教育大学大学院の修士論文Dative Absolute in Gothic（ゴート語における独立与格、タイプ英文70枚、1964）はギリシア語のGenitive Absoluteがゴート語では機械的・直訳的にDative Absoluteに訳されている（ギリシア語opsías genoménēs = ゴート語andanahtja waúrþanamma, 夕方になると）のだが、すべてがそうというわけではなく、従属文で、つまり、ゲルマン語的な語法で訳されていることも随所にあることを示した。Dative Absoluteは翻訳文体であり、のちのゲルマン語には残らなかった。同様の表現は古代教会スラヴ語や古代ロシア語（Ad. Stender-Petersen, Anthology of Old Russian Literature. Columbia University Press, 1962^{2}に例が多い）にも見られるが、現代語には残らなかった。

④クノープロッホ先生のこと（1965）

　1964年に修士論文を提出したあとに、博士課程に進むことができて、ゲルマン語学、比較言語学を専攻に定めた2年目の1965年8月にドイツ留学（Deutscher Akademischer Austauschdienst = DAAD, ドイツ学術交流会）が決まって、5名の同期生と一緒にフランス郵船カンボージュ号でドイツに向かうことになった。仲間の一人はすでに埼玉大学助教授で、国立大学の教官は文部省から飛行機の旅費を支給された。私立大学の講師や大学院生であったわれわれ7名は往復

176

旅費をDAADから支給された。当時は、船のほうが安かった。エコノミークラスYokohama-Marseille（英語綴りはMarseilles）片道20万円だが、安い切符は5万円からあると聞いた。5万円は船の倉庫に居住して、1日のうち1時間だけ甲板に出られるそうだ。中学生のころからあこがれていたヨーロッパの土を初めて踏んだのは、30歳の秋であった。1965年9月1日、午前9時、マルセーユの港で、ドイツ旅行者ハパグ・ロイドHapag-Lloydの係員がDAADからだと言って、Marseille-Brilon間の汽車の切符を渡してくれた。マルセーユ中央駅のビルに18時00分（18^{h}00）というフランス語がくっきりと見えた。

　ブリロン（Brilon）という小さな町のゲーテ校で1965年9月と10月の2か月間、ドイツ語を受講することになっていた諏訪功さん、内藤四郎さん、と私の3人は、その日、マルセーユ発19:23の列車に乗り、Avignon, Strasbourg, Karlsruhe, Bonn, Köln, Hagenを経て、翌日の19:00にBrilon-Wald駅に着いた。ヨーロッパ横断特急（TEE, Trans-Europa-Express）という単語も、実物と一緒に、初めて知った。

　ブリロン・ゲーテ校での1日は午前8時の朝食から始まる。コーヒー、ゆでタマゴ、ブレートヒェン（Brötchen, 小型フランスパン）にバターかジャムを塗って食べるのだが、戦後のハンガー時代をまだ引きずっていた当時、同じ敗戦国なのに、ドイツ人は、こんなにおいしいものを食べているのか、と感嘆してしまった。Brötchenこそ最高のグルメだと、いまでも思っている。2か月のドイツ語研修とドイツ生活体験のあと、留学生はそれぞれの留学先の大学、ベルリン、マールブルク、ケルン、ボンに散って行った。私は『言語学辞典』

Sprachwissenschaftliches Wörterbuch, Heidelberg, Carl Winter (1961-) の編著者Johann Knobloch（1919-2010）のいるボン大学を選んだ。クノーブロッホ教授はKarl Brugmann（Leipzig）の弟子Wilhelm Havers（Wien,『説明的統辞論』Handbuch der erklärenden Syntax, 1931の著者）の弟子であるので、Herr Shimomiyaはブルークマンのひ孫弟子Urenkel-schülerだよ、と言ってくれた。クノーブロッホ先生は幼児からチェコ語も話し、ウィーン大学東洋語研究所の助手時代に捕虜からジプシー語やコーカサス系のチェルケス語を学び、それらのテキストと文法を刊行している。印欧言語学、コーカサス言語学、一般言語学にも造詣が深く、私のどんな質問にも、たちどころに答えてくれた。そのうち二つだけ紹介する。言語連合（Sprachbund）の用語は音韻論の創始者、プラーグ学派のN.S.Trubetzkoyからきていること、ボン（Bonn）の語源はケルト語で「居住地、村落」の意味であること、である。先生が出版中の『言語学辞典』は、最初、10分冊で、10年ぐらいで完成する予定だったが、次から次に誕生する新しい術語も考慮せねばならないために、第1分冊が出てから40年以上もたつのに、まだ、やっとGに達したところである。「名句」Geflügelte Worteの項では私のTaschen-wörterbuch der geflügelten Worte in deutscher und anderen europäischen Sprachen（Tokyo, 1994, 同学社の『ドイツ・西欧ことわざ名句小辞典』）を引用してくれた。1982年8月、東京で開催の第13回国際言語学者会議（組織委員長・服部四郎）は統一テーマが1980年代の言語学であったので、クノーブロッホ先生は社会言語学の全体（プリーナリー）講演を行った。

ボン大学では、ほかに、Prof.Karl Horst Schmidt（1929-2013）の現代グルジア語入門、ブルトン語入門、Prof.Margarete Woltnerの古代教会スラヴ語I, Prof. Hans Rotheの古代スラヴ語IIをとった。教科書は、両方ともAugust LeskienのHandbuch der altburga-rischen（altkirchenslavischen）Sprache. Heidelberg, 初版1871, 第8版1962, だった。ヴォルトナー女史はMax Vasmerの高弟で、Vasmerと一緒にZeit-schrift für slavische Philologieを編集していた。Prof. K. H. SchmidtはProf. Gerhard Deeters（1892-1961）の高弟で、ケルト語でPromotion（博士）を、コーカサス語でHabilitation（教授資格）をとった、スゴイ先生です。日本では、卒業論文も修士論文も、大抵は同じ分野だが、ドイツでは、博士論文と教授資格論文が、かなり異なる分野で、しかも、それぞれの分野で、一流の学者であることが、しばしばある。

　Prof.K.H.SchmidtはDie Komposition in gallischen Personennamen（1959）がJulius Pokornyに認められて、ケルト語の専門誌Zeitschrift für celtische PhilologieのMitherausgeberに迎えられた。ガリア語（大陸ケルト語）は碑文に見られる人名や地名にしか残っていないが、Dēvo-gnāta-（神から生まれた、cf.Dio-genēsゼウスから生まれた）などは、印欧語的特徴をよく保っている。この名は英国の作家オズボーンOsborne（古代ノルド語で神から生まれた）と同じ構成法だ。K.H.Schmidt先生は若い時からAurélien Sauvageot（ソヴァジョー、ウラル語学者）へのMélanges（Budapest, 1972）へも寄稿しており、本当にすごい学者だと思った。私は、そのころ、印欧語と接触しているウラル語族にも興味をもち、上記ソヴァジョーのほか、Vilhelm Thomsen, Björn Collinder,

Gyula Décsy（デーチ）、Valentin Kiparsky, Ad. Stender-Petersen
なども読んでいた。独文科の授業ではゴート語入門、古代高
地ドイツ語、中世高地ドイツ語、ドイツ文献学入門などを
とった。この4つは独文科必須科目で、ゴート語入門などは
200人もの大きなクラスだった。ゴート語の成績はよかった
が、時代がくだるごとに成績はわるくなった。

　1967年4月着任で、弘前大学人文学部英文学教室が英語学
の専任を探しているが、希望するか、と矢崎先生からボンの
私のところに問い合わせがあり、よろしくお願いします、と
返事した。この人事は矢崎先生が亡くなられる直前に進めて
くださった。私は1967年の夏学期までボンでの研究を続け
たかったので、半年遅れて、1967年10月から弘前大学人文学
部に英語学専任講師として赴任した。ここの英文学教室は、
専任4名のうち、3名が東北大学出身であった。弘前大学では
英語学概論、英文法、英語学講読、音声学、全学対象の言語
学概論、教養部の英語、ドイツ語、フランス語、と私の希望
により、ロシア語入門（土曜日午後）を教えた。
⑤泉井久之助先生のこと　（1975）
　泉井久之助先生（1905-1983）は『広辞苑』の著者・新村
出の後任として、京都大学言語学教授、京都産業大学教授で
あった。1975年度の日本言語学会が京都産業大学で開催され
たとき、大会運営委員長であった先生が、公開講演に私を呼
んでくださった。これは駆け出しの私にとっては、大変な名
誉であった。泉井先生の「フンボルトについて」のあと、私
は「バスク・コーカサス語と一般言語学」（Le basque, le
caucasique et la linguistique générale）というテーマで講演を
行った。この演題はグラーツ大学のロマンス語学者フー

ゴー・シュハート Hugo Schuchardt の「バスク語と言語学」
(Das Baskische und die Sprachwissenschaft, 1925, in :
Schuchardt-Brevier, hrsg.von Leo Spitzer, 2.Aufl.Halle
a.Saale,1928, Nachdruck Darmstadt 1976) をもじったものだっ
た。講演論文は、通常、フリーパスで学会誌『言語研究』に
採用されるのだが、私のものは、不可解な理由で却下され
た。後述の岡山大学教授江実（ごう・みのる）先生が、下宮
君、やられたね、と言ってくれたのが、せめてもの慰めと
なった。編集委員会は、ゴチャゴチャと、いろいろな言語が
出てくる私の論文の内容が分からなかったのだと思われる。
私は、やむをえず、学習院大学文学部の研究年報に掲載して
もらった（1976）。

　その後、泉井先生には私の『バスク語入門』（大修館書店、
1979）のために推薦のことばを書いていただいた。私から先
生へのお返しは何もできなかったが、先生が古代イタリア半
島の言語を研究しておられたときに、私が持っていたピサー
ニ Vittore Pisani の『古代イタリアの、ラテン語以外の言語』
Le lingue dell'Italia antica oltre il latino, Torino, 1976) を求めに
応じて、お貸しできたことが、多少お役に立てたと知って嬉
しかった。先生はフンボルトのことを「神経質なほどギリシ
ア語に通じている」と言っているが、泉井先生もラテン語と
ギリシア語に関しては専門家以上であるように見受けられ
た。先生の該博ぶりはメイエ・コーアン監修、泉井久之助ほ
か訳『世界の言語』（朝日新聞社、1954, xxxii, 1237頁）の中
にも見られる。この原書（初版）は1924年の出版であるが、
先生はすべての語族について研究の概要と文献の補遺を行っ
ている。この日本語訳は昭和19年（1944）に出版直前まで

行っていたが、1945年3月14日、大阪大空襲のために、本書の前半は紙型とともに焼失し、再度、取り組んで完成したものである。戦争の被害は、前述の前島儀一郎先生の『英独比較文法』もそうだし、ドイツにも、いろいろあったろう。村山七郎先生から聞いた話だが、ベルリン大学のマックス・ファスマー Max Vasmer は『ロシア語語源辞典』のために収集したカードを1943年の空襲ですべて焼失した。しかし、戦後、もう一度、執筆しなおして、1950-1958年の短期間に全3巻を完成した。この語源辞典はレスキーン August Leskien の『古代スラヴ語ハンドブック』とともに、ドイツの Slavistik の頂点を語るもので、語源辞典はロシア語訳が出ているほどである（4巻、モスクワ 1964-1973）。泉井先生がバスク語やアルバニア語など、マイナーな言語にも造詣が深く、直感が鋭いことは『ヨーロッパの言語』（岩波新書、1968）にも窺える。印欧語族以外でお得意なのは、第二次世界大戦中にフィールドワークを行うことができた南島諸語で、市河三喜・服部四郎編『世界言語概説』下巻（研究社、1955）の中に「マライ・ポリネシア諸語」を執筆している。

　泉井先生が1979年に日本印欧学専門者会議（Conference of Indo-Europeanists of Japan）を京都産業大学言語学科に設立したとき、私も発表者に呼んでくれた。私は「能格、このふしぎなるもの」ergativus, casus extraneus（1979）,「ゲルマン民族におけるパン」artologia germanica（1980）を発表した。これらは先生が創立した京都産業大学・国際言語科学研究所の所報に印刷された。それらは、先生が創立した京都産業大学・国際言語科学研究所の所報に印刷された。

　服部四郎先生が日本言語学会会長を2年で終了したあと、

後任は泉井久之助先生になったが、私は、重要な書類を届ける必要があって、日帰り新幹線で京都産業大学へ行ったことがあった（1977）。それやこれやで、アルタイ言語学の江実（ごう・みのる）先生から、きみは二人の巨頭に仕えたんだね、と言われた。

⑥服部四郎先生のこと（1982）

　服部先生とは、泉井先生の場合と同様、授業での師弟関係はないが、1976年、日本言語学会の選挙管理委員に私が繰上げ当選したことから、東京言語研究所（西新宿）でお目にかかる機会が多くなり、1977年から、ここで開催されている理論言語学講座（運営委員長・服部四郎）の歴史言語学と比較言語学を担当することになり、受講者がミニマムの6名を切る1991年まで続いた。この講座は、一般社会人も参加できるように、授業は17:30-19:15, 19:30-20:45に行われた。

　1982年東京で開催の国際言語学者会議（13th International Congress of Linguists）は服部先生の最後の大きな事業だった。第1回はオランダのハーグで1928年に組織委員長ユーレンベックC.C.Uhlenbeckにより開催されて以来、第2回（1931, Genève, バイイC.Bally）、第3回（1933, Roma, パヴォリーニP.E.Pavolini）、第4回（1936, Copenhagen, イェスペルセンO.Jespersen）、第5回（1939, Bruxelles, ランヘンホーフェG. van Langenhove；第2次世界大戦のため中止したが、「アンケート解答」Réponses au questionnaire（5th Congrès International des Linguistes 28 août-2 septembre 1939, Bruges, 104 pp. ）が出版された。別項参照。第6回（1948, Paris, ヴァンドリエスJ. Vendryes）、　第7回（1952, London, ターナーR. Turner）、第8回（1957, Oslo, ソンメルフェルトA.

Sommerfelt)、 第9回（1962, Cambridge Mass. ハ ウ ゲ ン E.Haugen)、第10回（1967, Bucharest, ヨルダン I.Iordan)、第 11回（1972, Bologna, デヴォート G. Devoto)、第12回（1977, Wien, ドレスラー W.Dressler)、第13回（1982, 東京）に至っ たものである。

　東京のコングレスは会長（president）服部四郎、事務総長 （secretary-general）井上和子（ICU）、事務次長（assciate secretaries-general）私と長嶋善郎（当時獨協大学）が中心と なり、30名からなる組織委員会によって準備された。事務局 （office, Sekretariat）が私の研究室に置かれた。この仕事のお かげで、私は、いろいろの学者と接触することになり、多忙 な中にも貴重な体験を得た。私は組織委員会に深くかかわっ たおかげで、社会言語学の全体報告者（plenary reporter）に Calvert Watkins（Harvard)、恩師 Prof.Knobloch（Bonn), その 司会にウィンター Werner Winter（Kiel), 歴史言語学のプリー ナリーにワトキンズ Calvert Watkins（Harvard), トバール Antonio Tovar（Salamanca）などを呼ぶことができた。

　このコングレスの成果は、Proceedings of the 13th International Congress of Linguists. August 29-September 4, 1982, Tokyo, Editors：Shiro Hattori, Kazuko Inoue, Associate Editors：Tadao Shimomiya, Yoshio Nagashima. Tokyo, 1983, lxii, 1453pp. として出版された。ここには私の論文はないが、こ のコングレスの歴史など種々の資料を作成し、奥付にラテン 語で「800部印刷、370部予約分を含む、東京プレス」と書い た。価格は25,000円（予約価格15,000円）であった。Wien （1977）の Proceedings は1,600部印刷したので、大量に余っ たと Wolfgang Meid（Innsbruck）から聞いていたので、Tokyo

（1982）は部数を半分にしたのである。予約者に送付したあと、残りの400部は東京都立大学の松浪有先生の仲介で三省堂が買い取ってくれた。2年後にはすべて売り切れ、急遽100部増刷したのだが、それも数年で売りつくした。コングレスの会場費（東京都市センター：600万円）、送料・資料・プロシーディングズ印刷費など総予算は3,800万円で、赤字にならずに済んだ。

　この言語学の国際会議は5年ごとに開催され、東京（1982）のあと、ベルリン（1987）、ケベックシティ（1992）、パリ（1997）と続いた。このトップの座（President of the Comité International Permanent des Linguistes）にあったロンドン大学のR.H.Robinsロウビンズ教授の『言語学史、第3版』A Short History of Linguistics, London, 1967, 19974）が中村完・後藤斎訳で研究社から1992年に出た。ロウビンズさんは私の顔を覚えていてくれて、その他の学会、ヨーロッパ言語学会、言語学史学会、Henry Sweet Colloquiumなどでも、お会いするたびに挨拶を交わしてくれた。パリ（1997）のregistrationで、ひまそうにしていたので、挨拶すると、You are my first visitorと言って、握手してくれた。パリのとき、私は日本言語学会の代表として参加し、その報告は『言語研究』113号（1998）に掲載された。第17回（2003, プラハ）のときも、会議の報告を『言語研究』124号（2003）に書く機会を得た。

　服部先生はRoman Jakobsonと親しく、Studies in General and Oriental Linguistics, Festschrift for Shiro Hattori（1968）はJakobsonとShigeo Kawamotoの編集となっている。Jakobsonの著書・論文の日本語訳の権利はすべて服部先生にゆだねられ

た。そのことを知らずにいた（知るよしもないが）東北大学のK教授がJakobsonのForm und Sinn（München, Wilhelm Fink, 1974）の翻訳を研究社との間にとりつけ、数人で分担翻訳することになり、私はZur Struktur des russischen VerbumsとBeitrag zur allgemeinen Kasuslehreの翻訳をもらった。二つとも私にとって最も興味ある問題だったし、後者は早稲田大学の卒論にも用いたものだったので、しかも、研究社から出るというので、喜び勇んで仕事に取り組み、1976年の夏休みに200枚の訳稿を完成した。しかし、その後、出版が不可能になったことを知らされた。研究社はWilhelm Fink社とすでに契約書を取り交わし、前払い金も支払い済であったが、JakobsonからWilhelm Finkに対して、日本語訳の権利はすべてProf.Hattoriに一任しているので、それ以外は許可しない、これを犯す場合は法的手段に訴える、という手紙が研究社に寄せられた。このようなケースはほかにもあると思われる。1979年、私はエウジェニオ・コセリウEugenio CoseriuのLezioni di linguistica generale（Torino, 1973）の翻訳の仕事を得て、失意から立ち直ることができた。ルーマニア生まれ、ウルグアイのMontevideo大学を経て、Tübingen大学のロマンス言語学教授になったコセリウの翻訳は本邦初で、『一般言語学入門』と題して三修社から3,000部印刷で出版された（1979, 第2版2003年1,200部）。わが国では、英語以外からの言語学関係の翻訳は、ソシュールだけは例外だが、売れ行き部数が1桁ちがう。

　私が心血を注いだ仕事の一つは寺澤芳雄監修『英語学文献解題』全9巻の第1巻『言語学I』（1998）であった。これは近代言語学の誕生（1786年Sir William Jonesがサンスクリッ

ト語・ギリシア語・ラテン語が同系であることを発見した）から1995年Werner Winter編 On Language and Languages（Mouton de Gruyter）までの言語学の古典50冊を解説し、約1000の言語学文献をリストアップしたものである。私はその本の扉にGiichiro Maejima（1904-1985）, Harushige Kodzu（1908-1973）, Hisanosuke Izui（1905-1983）in memoriamと書いて、長年の学恩を表明することができた。このシリーズは、最初、全1巻の予定で、1985年の編集会議に13名が招待されてスタートしたのだが、原稿がなかなか出そろわなかったので、寺澤先生は分冊刊行を決めたのだった。『言語学I』は一般言語学、歴史比較言語学、言語地理学、言語類型論、世界の言語などを、『言語学II』（唐須教光、慶応大学）は、その他の言語学（社会言語学、意味論など）を扱っている。

　見出しの「10冊の本」は、初期の私に、頭の栄養になってくれたものである。

1. 藤原誠次郎『初年生のドイツ語』葛城書房、訂正版18版、1948. 中学2年のときに購入した本で、奥付にmein erster Deutschlehrerと記入してある。

2. 藤原誠次郎『基礎仏蘭西語の研究』葛城書房、1951. 同じ著者である点がすごい。私のフランス語の知識は、ほとんどこの本からきている。母音衝突（hiatus）などの用語も本書で初めて知った。il a 'he has' を文脈で倒置してa il とせねばならないとき、aとiがぶつかるので、a-t-ilのようにtをはさむ。

3. 乾輝雄『英独仏露四国語対照文法』冨山房、1935. 再販1942. 対照文法はアメリカで1960年代に盛んになったが、本

書はそれよりも、はるかに時代を先んじていた。高校2年の
ときに愛読して、非常に多くを学んだ。参考文献が挙げられ
ていないが、ロシア語の文例はErich Bernekerの『ロシア語
文法』(ゲッシェン文庫、Leipzig 1906) からのものが見られ
る。巻末に基礎単語2517語が英語を見出し語にドイツ語・
フランス語・ロシア語が発音記号とともにあげられている。
ロシア語の発音記号は本邦初であると思われる。

4. 前島儀一郎『英独比較文法』大学書林、1952. 第4版が出
るとき、1987年、主要参考文献の補遺を行った。

5. 高津春繁『比較言語学』岩波全書、1950.

6. 泉井久之助『言語構造論』創元社、1947. 私にとって汲め
ども尽きぬ知識の源泉になった。

7. メイエ・コーアン編、泉井久之助訳編『世界の言語』朝
日新聞社、1954. 泉井先生のラテン語、ギリシア語の徹底的
知識、世界中の言語に関する広範な知識には恐れいります。

8. 市河三喜『古代中世英語初歩』研究社、1955.

9. 有坂秀世『音韻論』三省堂、1947. 英独仏の文献を縦横無
尽に駆使している。前島先生や高津先生と全然異なる分野な
のに、すごいと思った。本書からTrubetzkoyに興味をもっ
た。有坂秀世 (1908-1952) 東大言語学科卒。

10. Bernard Pottier：Présentation de la linguistique (Paris, 1967).
わずか78頁の小冊子だが、1頁が1冊にも匹敵するほど内容
豊富。私には言語学の百科事典とも映る。著者 (1924-) は
ソルボンヌ大学教授で、専門はロマンス語と構造的意味論。

3. ブリュッセル資料 (1939)

第5回国際言語学者会議 (5me Congrès International des Linguistes, 28 août-2 septembre 1939, 104頁) Jan de Rooy より 1984.12.10購入：45fl.=3,600円) は、第二次世界大戦のために、中止せざるを得なかったが、言語学の諸問題について参加者にアンケートを行った。その貴重な資料が残っている。当時すでに、そして、のちに活躍する著名な学者の名が、いくつも見える。

①語根 (thèmes)：H.Ammann (Innsbruck), B.Collinder (Uppsala), S.Mladenov (Torino), J. Przyluski (Paris), A.Sauvageot (Paris), J.Whatmough (Harvard), Jac.van Ginneken (Nimègue), H.Arntz (Honnef a.Rhein), J.Kuryłowicz (Lwów), V.Pisani (Roma), N.van Wijk (Leiden), C. Brockelmann (Halle a.Saale), M. Cohen (France), A.Basset (Algérie), L. Homburger (Paris), A.Westermann (Berlin), A.Cuny (Bordeaux), W.Planert (Berlin)

②内的構造 (structure interne)：innere Sprachform：J.Kuryłowicz (Lwów), V.Pisani (Roma), A.Rossetti (Bucarest), A.Sauvageot (Paris), B.Terracini (Torino), L.Weisgerber (Marburg), K.Stegmann (Rostock), L.Michel (Bruxelles), W.Betz (Leipzig), A.Basset (Algérie), Th.Capidan (Bucarest)

③ [祖語 langue commune] V.Pisani (Roma), A.Sauvageot (Paris), C.Mohrmann (Nimègue), B.Terracini (Torino), L.Weisgerber (Marburg), L. Michel (Bruxelles), A.Westermann (Berlin)

④ [音声分析 Schallanalyse] 講演 Karl H.Meyer (Königsberg)

⑤［語根、語基　thème；substrato, superstrato, adstrato］I G.
Bottiglioni（Bologna），W.Brandenstein（Wien），J.Whatmough
（Harvard），V.Pisani（Roma）［Substrat und Superstrat］J.van Dam
（Amsterdam）［Adstrat］M.Valkhoff（Amsterdam），H. Ammann
（Innsbruck），G.Deeters（Bonn），E.Gamillscheg（Berlin），G.de
Poerck（Gand），W.von Wartburg（Leipzig），G.Alessio（Trieste），
B. Terracini（Torino），G.Serra（Cluj, Romania）［e.g.Maienfeld］

II［La structure morphologique, types de système］A.Sauvageot,
W.Brandenstein, J.Przyluski, Jac.van Ginneken（Nimègue），
C.C.Uhlenbeck（Lugano），A.Basset, L.Homburger, A.Westermann

III［La langue poétique］L.Michelle（Bruxelles），V.Pisani
（Roma），A.Sauvageot, F.Dornseiff（Greifswald），J.Kuryłowicz,
B.Terracini, P.Chantraine（S.-et-O.），V.Magnien（Toulouse）

IV［L'état dialectal de l'indo-européen commun］H.Arntz（idg.
Sprachgruppen in verwandtschaftlicher Nähe），M.Bartoli
（Torino），W.Brandenstein, J.Kuryłowicz, V.Pisani（Roma），
S.Puşcariu（Cluj），C.C.Uhlenbeck（Lugano），J.Whatmough, N.van
Wijk.

V［Les langues asianiques et l'indo-européen］J.Friedrich
（Leipzig）

VI［La parenté des langues germaniques］H.Arntz（Giessen），
Th.Baader（Nijmegen），M.Bartoli（Torino），I.Dal（Oslo），
S.Gutenbrunner（Wien）［marqué vs.non-marqué is in
J.Kuryłowicz］

4. ヨーロッパ諸語のオノマトペ (1990)

1990年度、学習院大学言語共同研究所はオノマトペ（擬音語、カランコロン、スイスイ、ポタンポタン）の研究を行った。日本語、朝鮮語、インドネシア語など、アジアの言語もあった。以下は、私のヨーロッパ諸語に関する発表である。

［主要参考文献］

Grammont, Maurice, 1901. Onomatopées et mots expressifs. Revue des langues romanes, 46,97-158.

Hjelmslev, Louis, 1928. Principes de grammaire générale. Copenhague. 小林英夫訳『一般文法の原理』
三省堂1974².

Jespersen, Otto, 1952. Language. London.

Pokorny, Julius, 1959-1969. Indogermanisches etymologisches Wörterbuch. 2 Bde. Zürich.

Saussure, Ferdinand, de, 1951. Cours de linguistique générale. Paris.

Schuchardt, Hugo, 1976. 'Onomatopoesis' 237-247. Brevier. Halle 1928, reprint Darmstadt. ［言語学における様々な分野における珠玉の名言集］

Tichy, Eva, 1983. Onomatopoetische Verbalbildungen des Griechischen. Österreichische Akad.d.Wiss.Bd.409, Heft 14. 408 pp.Wien. ［777個の古代ギリシア語オノマトペ起源の動詞］

Togeby, Knud, 1951. Structure immanente de la langue française. Copenhague.

Vondrák, Wenzel, 1906. Vergleichende slavische Grammatik, Bd.1. Göttingen.

Watkins, Calvert, 1985. The American Heritage Dictionary of Indo-European Roots. Boston-New York.

伊藤太吾 1990 『スペイン語からルーマニア語へ』大学書林

狩野臭子・アシーキナ・パヴレンコ著1983『ロシア語表現辞典』ナウカ

小林英夫 1935「国語象徴音の研究」pp.96-143『言語学方法論考』三省堂

松田徳一郎監修1985『漫画で楽しむ英語擬音語辞典』研究社

大高順雄 1987『カタロニア語文法』大学書林

尾野秀一編著1984『日英擬音・擬態語活用辞典』北星堂書店

乙政　潤 1985『いわゆる擬声語の日独対照について』大阪外国語大学、日本とドイツ (1)

1. 印欧祖語（紀元前3千年紀以前）のオノマトペは、いくつぐらいあったであろうか。C.Watkins はその印欧語根辞典の中で1403個の語根のうち、30個の擬音語・擬声語をあげている。J.Pokorny (1959) の語根辞典によると、その数は2044個のうち70個である。Watkins から10個ほど拾うと：amma お母さん（ラ amāre 愛する）、atto- お父さん（ラ atta, ゴート語 atta 父）、bamb- ボン（エ bomb 爆弾）、bat- あくび（ラ *batāre あくびする）、bhlē- ほえる（エ bleat, blare）、gal-² 呼ぶ、叫ぶ（エ call, ラ gallus）、gar- 呼ぶ、泣く（エ care, ラ garrīre）、ker-² 鳥の騒音（エ ring, raven, scream）、kwei- シッ、シュー（エ whisper, whistle）、lā- ねんねんころり（エ lull, lament）。Pokorny は、b- は擬音語・小児語にあらわれる、としている。balbal- どもる、しゃべる（エ babble, ラ balbō どもる；ギ bárbaros ギリシア語を解さない）、bau イヌの鳴く声、bē-, bá- ヒツジの鳴く声（ギ

192

bē-, ラ bēbō)、blē- メーと鳴く。

2. オノマトペの豊富と貧弱。

英語、ドイツ語、フランス語、ロシア語は、日本語にくらべると、オノマトペが非常に貧しいことは、次のような例からわかる。グーグー眠る＝エ sleep fast かたく眠る、sleep soundly 健全に眠る：ド fest schlafen かたく・しっかり眠る；フ dormir profondément 深く眠る；ロ krepko spat' かたく・強く眠る。

スヤスヤ眠る＝エ sleep peacefully 平和に眠る：ド ruhig (friedlich) schlafen 静かに（平和に）眠る；フ dormir paisiblement (tranquillement) 平和に（静かに）眠る；ロ sladko spat' あまく眠る。

尾野（1984）によると、日本語の泣き方15態、例えば、おいおい泣く、きーきー泣く、しくしく泣く、すすり泣く、めそめそ泣く、わんわん泣く、のような日本語の onomatopoetic adverbs は、英語では blubber, screech, sob, sniffle, whimper, howl のように単独の動詞で表現される。同様に、ちょこちょこ歩く、てくてく歩く、とことこ歩く、どしどし歩く、とぼとぼ歩く、ぶらぶら歩く、よたよた歩く、よちよち歩く、は英語では waddle, trudge, trot, lumber, plod, stroll, stagger, toddle となる。

日本語・英語が部分的に共通するかに見える場合10例をあげる。アヒルがガーガー鳴いて ducks quacking；うじうじした男 a wishy-washy person like him；カサカサいう音 a rustling sound；カッカッと足早に歩いて行く（ハイヒールを履いた女）making a clip-clop sound；馬がカッポカッポと clip-clopping sound；ガバガバと音をたてて（汚水）a girgling

193

sound：目のギョロギョロした goggly eyed (*gog, expressive of oscillating movement)；魚がジュージュー焼けて the fish sizzling；シュッポシュッポと蒸気機関車が坂をのぼって行った The steam locomotive huffed and puffed up the hill；男女がベタベタ the couple…lovely-dovey.

3. 英語のオノマトペの数は松田（1985）によると約1500である。重複（reduplication）のうち10例ほどを掲げる。

clip-clop パカッパカッ、カッポカッポ（馬のひづめの音）

ding-dong キンコーン、カンコーン

helter-skelter アタフタ、狼狽、混乱

hoppity-hop ピョンピョコピョン（連続、リズミカル）

hubble-bubble ブクブク、ゴボゴボ（泡立つ音）

pitter-patter パラパラ、バタバタ（雨の音、子供の足音）

puff-puff シュッシュッポッポ、汽車ポッポ

rumble-tumble ガタガタ車、ガタガタ動くこと

snip-snap （はさみの）チョキンチョキン

yackety-yak ペチャクチャ、長いおしゃべり

特徴として、snip-snap, tick-tack のようなアプラウト、hoppity-hop のような前半部のつなぎの音節 -ety, -ity, hubble-bubble のような語頭の子音交替があげられる。また、fwak, fwap, fwee, fwip, fwisk, fwoosh, fwop など通常の語頭にない子音連続（consonant cluster）が見られる。pshah, pshaw, psss, psst, pst, ptooey, ptoo, ptow なども同様である（ギリシア語には psykhē, Ptolemaios のような ps-, pt-はめずらしくない）。whee, whine, whip, whir, whisk, whisper, whistle など wh-で始まるものが多い（65個ある）。

4. ロバ、イヌ、ネコ、オンドリの鳴き方と鳴き声。cf. グリ

ム童話『ブレーメンの音楽隊』：松田「13か国語対照表」より、日・英・ド・フ・ロの順、カッコ内は鳴き声［スペースの都合で省略］。

5. ドイツ語、スペイン語、カタラン語、ルーマニア語、ロシア語、その他のスラヴ語のオノマトペは省略。

6. フランス語のオノマトペ。

フランス語は、他の言語にくらべて擬音語に対する受容力が最も小さい（Dubois『ラルース言語学用語辞典』大修館書店 1980）。すなわち、オノマトペの数は、日本語などよりはもちろんのこと、英語などよりも、少ない。

その形式は、他の言語と同様、重複（reduplication）が多い：glou-glou ドクドク（ビンの口から液体が出る音）、frou-frou サラサラ（着物・葉のすれる音）、ron-ron ゴロゴロ（ネコがのどから出す音）、cri-cri コオロギの鳴き声。

母音交替（アプラウト）するもの：pif-paf パチパチ、pif-paf-pouf パチパチパチ、パンパンパン

flic-flac ピューピュー（ムチ）、ピシャピシャ（平手打ち）

cric-crac ポキン、ガラガラ、ガチャン（物の折れる音、割れる音）

変則重複（réduplication brisée, Grammont 1901 の用語）：barboter しどろもどろする、caqueter クワックワッ（メンドリの鳴き声）、gargouiller しどろもどろする、tintement ゴーン（静かな鐘の音）。類似の例：ギ barbázō どもる、ラ balbus どもる（形容詞）。

オノマトペは詩の韻律に寄与する（Grammont）。ド In dürren Blättern säuselt der Wind.（Goethe, Erlkönig ゲーテ「魔王」）「乾いた葉の中を風がザワザワと音をたてる」における

オノマトペ säuselt（ザワザワする）と、その他の前舌母音は鋭い音（bruits aigus）を象徴する。フ La victoire aux cent voix sonnera sa fan-fare. (Hugo)「百人の声をもった勝利はそのファンファーレを鳴らすだろう（ユーゴ）」におけるオノマトペ fanfare, および、他の後舌母音は爆発的な音（bruits éclatants）を象徴する。また、無声閉鎖音（claquet ガタガタ、crépiter パチパチ音をたてる）は乾燥した繰り返し音を、有声閉鎖音はその逆をあらわす（cf. ド babbeln ベチャクチャしゃべる；pappeln ペチャクチャしゃべる）。

　フランスのマンガ（Pip Parade Comique）から10例ほどをあげる。フランス語のオノマトペは少ないと上に述べたが、音韻構造からは許されない型が多く、フランス語もなかなかやるなあ、と思う。grmmbl バタン（トランクをバタンとしめる）；hap, hagn ガブッ（けんかで足にかみつく音）；mmh ムニャムニャ（ねむっている、ねぼける）；patch バチン（ノドにげんこつをくらわす）；splaf バシャン（戸を開けて壁にぶつかる）；splash ピシャーン（タマゴを顔に投げつけられる）；splatch グワツーン（身体ごと他人にぶつかる）；slurps ゴックーン（スープを飲む）；tut-tut-tut ブーブーブー（話し中、電話）；z グー , zz スヤスヤ, zzz グーグー（睡眠3通り）

7. 文学作品におけるオノマトペ使用量の相違。

　日常会話・マンガにおいてではなく、文学作品におけるオノマトペ使用の頻度を比較するために、アンデルセンの『人魚姫』を調べた。岩波文庫版（大畑末吉訳、アンデルセン童話集、第1巻、で38頁、デンマーク語初版、1837で48頁）の中に擬音語・擬態語が34個あり、英語訳にははわずか6個、ドイツ語訳には7個、フランス語訳には3個であった。

以下、エ・ド・フのイタリック体がオノマトペであることを示す。使用テキストはH.C.Andersen's Fairy Tales. Tr.L.W. Kingsland. Oxford Classics, 1959. H.C.Andersen：Märchen. Tr.Storrer-Madelung. Manesse-Bibliothek, Zürich. H.C.Andersen：Contes. Tr.P. G.La Chesnais. Mercure de France, Paris 1988.

1. 茎や葉が、なよなよしている＝are supple；sind so geschmeidig；sont si souples

2. 茎や葉が、ゆらゆら動く＝they stir；sie rühren sich；elles s'agitent

3. 魚がすいすいすべって行く＝fish flit；die Fische huschen umher；les poissons se glissent

4. きらきら光る真珠＝a shining pearl；strahlende Perlen；des perles brillantes

5. 水をパチャパチャさせる＝splashing in the water；plätscherten im Wasser；clapotaient dans l'eau

6. 宵の明星がキラキラ光って＝the evening-star shone clear；der Abendstern strahlte hell…；étincelait l'étoile du soir clair…

7. 花火がシューシュー音をたてて＝fireworks were whirling round；die Feuerkünste surrten herum；les fusées…tournoyaient

8. 王子はニコニコほほえんで＝the prince laughing and smiling；der Prinz lachte und lächerte；le prince riait et souriait

9. 船はきしんで、メリメリ音をたてた＝the ship creaked and cracked；das Schiff knackte und krachte；le vaisseau craquait à grand bruit

10. パッと明るくなり＝it was so bright；es wurde so hell；il faisait si clair

11. 腕も脚もぐったりし＝his arms and legs were beginning to

tire ; seine Arme und Beine begannen zu ermatten ; ···ses armes
et ses jambes commençaient à être épuisés

12. 草花はぼうぼうと茂って = her flowers grew, as if in a
wilderness ; ihre Blumen wuchsen wie in einer Wildnis ; elles
poussaient au hazard

13. 銀色のヴェールをひらひらさせる = the wind caught her
silver-white veil ; der Wind griff in ihren langen Schleier ; le vent
soufflait···

14. キラキラ光っているお星さま = the shining stars ; die
schimmernden Sterne ; les étoiles brillantes

15. 緋色のうろこをキラキラさせて = shone scales of purple-
red ; die Schuppen schimmerten purpurrot ; les écailles luisaient
rouge purpre

16. 流れが、さらさらと音を立てて = running current ; ein
rinnender Strom ; un fleuve ruisselant

17. しょんぼりすわって = she sat sadly ; sie sass betrübt ; elle
s'assit tristement

18. ごうごうと音を立てて流れるうずまき = roaring
whirlpools ; die Strudel, die herumwirbelten ; le gouffre
mugissant

19. こなごなにくだくうずまき = these tremendous whirlpools ;
diese zermalmenden Wirbel ; ces terribles tourbillons

20. ぶくぶくと熱くあわだつ泥 = the warm bubbling mud ;
warm brodelnder Schlamm ; la vase chaude, bouillonnante

21. ヒドラの長いねばねばした腕 = polyps···long slimy arms ;
lange schleimige Arme ; polypes···de longs bras visqueux

22. ふさふさした長い髪 = her long streaming hair ; ihr langes,

flatterndes Haar；ses cheveux flottants

23. ヒドラのうねうねした腕と指 = polyps…supple arms and fingers；ihre geschmeidigen Arme und Finger；leurs bras et leurs doigts agiles

24. 魔女のだぶだぶした大きな胸 = the sea-witch…her great spongy breasts；ihre grosse, schwammige Brust；sa vaste poitrine fongueuse

25. 湯気がもうもうと立ちのぼる = the steam shaped forms；der Dampf bildete…Gestalten；la vapeur eut les formes…

26. 星のようにきらきらしている薬 = the shining drink glistening；der schimmernde Trank；la boisson lumineuse briller…

27. ひりひりする痛み = she felt a stinging pain；sie fühlte einen brennenden Schmerz；elle ressentit une douleur aiguë

28. うっとり見とれて = was enruptured；alle waren entzückt davon；tout le monde était ravi

29. せっせと王子のうしろからついて行きました = went with him；folgte ihm；suivait le prince

30. 人魚姫はぐるぐる踊り始めました = whirled in the dance；wirbelte mit im Tanze herum；se lança en tourbillon dans la danse

31. 船の中はひっそりと = the ship grew still and quiet；es wurde ruhig und still auf dem Schiff；le silence… s'établirent

32. 美しい髪の毛はふっつりと切り落とされて = it had been cut off；sie waren abgeschnitten；ils étaient coupés

33. 短刀が、ぶるっ、ぶるっと震えました = the knife quivered…；das Messer zitterte…；le poignard trembla…

34. 王子に、にっこりとほほえみ = smiled upon the prince；

lächerte ihm zu：lui sourit

英語：splash, whirl, creak, crack, roar, bubble

ドイツ語：huschen, plätschern, surren, knacken, krachen, wirbeln

フランス語：clapoter, craquer, bouillonner

　逆に、英語訳がオノマトペ起源であるのに、日本語訳がそうでないものが6か所あった。ただし、英語の場合、日本語に比して、概して、オノマトペ性（onomatopoeticness）が低い。zigzagging（稲妻がジグザグに落ちる）のようなre-duplicationは、わずか1個だけだった。

　1. she popped her head up姫が浮かび上がったときに；2. like a bubbleあわのように；3. there was a murmuring and a rumblingにぶいうなりがしているだけでした；4. the prince clapped his hands王子は手をたたいて；5. トランペットが吹き鳴らされました；6. …whispered oneひとりがささやきました

8. オノマトペの位置づけ・定義など。

　デンマークのトービュー（Knud Togeby 1951, p.30）は言語的要素を4つに分けて、その1つをオノマトペに割り当てている。

　Quatre classes d'éléments：

1. expression：phonèmes表現：音素

2. contenu：morphèmes内容：形態素

3. et expression et contenu：morphophonèmes表現と内容：形態音素［母音交替、子音交替；エ sing-sang-sung；ロ ruká手, ručnój手の］

4. ni expression ni contenu：onomatopées表現でも内容でもないもの：オノマトペ；hm! frrr飛ぶ鳥、pst母音のない音節―カ

ルツェフスキー Karcevskij の例

　上記の第4項オノマトペはすべての言語に見られるが、第3項の morphophonème 形態音素は universal ではない。

　ドイツのロマニストで一般言語学でも重要なフーゴー・シュハート Hugo Schuchardt は、その一般言語学論集（1976, p.241）において、オノマトペは原創造（Urschöpfung）に由来するものであり、基本的近親関係（Elementarverwandtschaft）を示すものである、と述べている。さらに（p.246）オノマトペ（Onomatopoesis）を、むしろ、音の語形成（Schallwortbildung）または音描写（Lautmalerei）と呼びたい。これは文法に属しているが、個々の文法書ではまったく取り扱われないか、あるいは音論、形態論、文章論のいずれかに、適宜、押し込まれているだけだ、と正しく指摘している。

　ソシュール（1916, 1955年版, p.101-102）の次の言及は有名である：言語内容（所記、signifié）と言語表現（能記、signifiant）の間に必然的な関係はないが、擬声語（onomatopée）だけは例外である。擬声語も通常の音韻変化を受ける（ラ pīpio ピーピー・ピヨピヨ鳴く → フ pigeon, エ pigeon ハト）トービューと、同じコペンハーゲン学派のイェルムスレウ（Louis Hjelmslev 1928, 小林英夫訳 p.245）の言及を、多少、拡大解釈して：オノマトペは知的活動（langage intellectuel）よりもむしろ情緒的言語活動（langage affectif）に奉仕する。詩的効果を高める（cf.Grammont）

9. まとめ：フランスの Grammont が説くように、オノマトペは音の正確な再現（reproduction exacte）ではなく、近似の再現（approximation）である。私は本稿で、オノマトペ性に

3つの段階（three degrees of onomatopoeticity）があることを提唱したい。それに伴って、自然音から単語化へも3つの段階（three steps to lexicalization）が認められる。

1. 声（人間・動物）・音（自然・物, 例krk）＝辞書登録の度合いは（±）

2. 単語化への第一段階Crack! The branch broke. ＝辞書登録の度合いは（＋）

3. 単語化への第二段階The branch cracked. ＝辞書登録の度合いは（＋＋）

　これを形態論的に見ると、

第一段階は、自然音まるだし、or, これに非常に近いz-z-z

第二段階は、すこしお化粧をしている（crack, clip-clop）

第三段階は、たっぷりお化粧をしている（エowl, ドEule, フhibou, エbustle, hustle）

［付記］1990年5月18日（金）18:00-19:30の発表の際のハンドアウトに掲げたオノマトペの数は、印欧祖語52, 英語117, ドイツ語58, フランス語45, ロシア語24, その他46, 日本語144, 総計486であるが、本稿は英語を中心とし、他の言語は減らした。

10. Résumé. Onomatopoeia in European languages.　Tadao Shimomiya

The theme for this year's colloquia were onomatopoeia in Asian languages. I was also invited to speak about onomatopoeia in European languages. I have shortened the day's 17 page handout to 9 sheets, eliminating minor languages. I want to recognize three degrees of onomatopoeticity :

(1) first degree : voice (man, animal), sound (nature, things, e.g.

krk)

(2) second degree : e.g. Crack! The branch broke.

(3) third degree : e.g. The branch cracked.

At third stage the onomatopoeia is morphologized. The sound is registered, lexicalized.

From a morphological point of view, three steps to lexicalization are to be recognized :

(1) voice or sound, or approximately z-z-z

(2) given a little makeup : crack, clip-clop

(3) given a heavy makeup : owl, Eule, hibou, hustle, bustle.

著者プロフィール

下宮 忠雄 (しもみや ただお)

1935年、東京生まれ。1961年早稲田大学第二文学部英文科卒。
1961-1965東京教育大学大学院でゲルマン語学、比較言語学専攻。
1965-1967ボン大学留学。1967-1975弘前大学講師、助教授（英
語学、言語学）、1977学習院大学教授（ドイツ語、ヨーロッパの
言語と文化）、2005名誉教授。2010文学博士。

主著：ドイツ語語源小辞典；ドイツ西欧ことわざ名句小辞典；グ
リム童話・伝説・神話・文法小辞典；バスク語入門（言語と文化）；
ノルウェー語四週間；言語学I（英語学文献解題I）。

話のくずかご小辞典　A dictionary of one page stories

2023年4月15日　初版第1刷発行

著　者　下宮　忠雄
発行者　瓜谷　綱延
発行所　株式会社文芸社
　　　　〒160-0022　東京都新宿区新宿1−10−1
　　　　　　　　　電話　03-5369-3060　（代表）
　　　　　　　　　　　　03-5369-2299　（販売）

印　刷　株式会社文芸社
製本所　株式会社MOTOMURA

ISBN978-4-286-29055-3　　　　　　JASRAC　出2300630−301